世上的光

小说界文库　　《小说界》编辑部
第二辑　　　　编

上海文艺
出版社

目 录

离　岸　小　白..........1

冕　舒飞廉........31

安　定　周李立........57

怎么在地图上画出我　何　兮........97

最后一个客人　曾　园........125

泛　舟　赵　松........147

走进有光的所在　韩松落........185

离 岸

小 白

小　白　上海作家。著有随笔集《好色的哈姆雷特》《表演与偷窥》、长篇小说《局点》《租界》、中篇小说《特工徐向璧》《封锁》。

冰箱上贴着打印纸，用英语写着十条指令。一旦地震发生，请迅速离开房屋，去空旷处等候。发生海啸时，应朝Te Ara o Toi（山脚下那条旧土路）方向疏散。若是火山爆发，安全的集结地点在Ara Tapu——也就是环岛公路两侧。王吉气得扔下吹风机，披上浴袍冲出卫生间。她打开冰箱，抓出一瓶皮诺，夹着酒杯，顺手抓下那张纸，余怒未消地坐到阳台上。

外面下着暴雨，狂风在棕榈树叶间横扫。很奇怪，阳台上却只有阵阵微风，木质地板仍旧很干燥。似乎这房子建造时，土著人施加了什么巫术。天地一片漆黑。太平洋深处有隆隆巨响。闪电撕开雨夜，照亮背后的阿图库拉山。这里是南太平洋，库克群岛，拉罗汤加。看起来果真是个适合想想杀人的地方。从奥克兰搭乘新西兰航空，五小时。从澳大利亚搭乘维珍航空，六小时。来到世界的边缘，什么事情都有可能发生。

酒精中毒？那太平淡了。她认真地思索，觉得有点为难。她转头看了看身后，玻璃门移开，轻风卷起白色纱帘。床尾上，那双脚抽搐了一下，猛地分开，脚后跟重重撞在床垫上，再也不动了。

他抱着酒瓶上床。王吉泡在浴缸里,听到他高声叫嚷着:不是世界末日么?难道不是世界末日么?她闻声跑来看看,他已醉倒在枕上。

拉罗汤加岛东南角的穆里海滩,密布着几十个酒店别墅和水上运动俱乐部。实际上,它们都是当地人在自家住宅地基上改造的。瑙堤鲁俱乐部倒是更接近于一般人想象中的小型高级酒店。它用玻璃和不锈钢装饰了阳台,床垫弹簧也不是那么软,当然,它同样也建造在私家地产上。王吉很快就学会了如何区分岛民住宅和旅游酒店:如果这幢房子在前院有一方墓地,那就是私人住宅。

在岛上,位置最好的地产全都是私人所有,它们也全都卷进了旅游业。连打扫房间的女服务生都知道 CBS,他们来做了一季《幸存者》,那个真人秀。他们应该每隔两年就来岛上做一季,游客就不会那么少了。环岛公路一侧那幢恐怖大楼,见证了岛上的旅游业发展史。它原本打算建成喜来登豪华酒店,造到一半就放弃了。它比一般城市中的烂尾建筑更富于末日气息,更像是在一场巨大灾难中戛然而止的工程,而且雨林和老鼠已开始入侵。拉罗汤加岛上有很多让人觉得惊悚的建筑。王吉驾车环游时,在总督府附近看到一幢殖民地风格的房子，锈迹斑斑的铁门半开着，阳光照射在围廊木柱上。她好奇地推开院门，穿过庭院，从窗子向房子内部窥看。她大吃一惊，房子内部是一个秘密的植物世界，藤蔓从各种缝隙钻入，生长，填满了整个空间。

穆里沙滩面朝潟湖，太阳出来，一片白沙绿水。靛蓝的天空和靛蓝的太平洋远远飘浮，在视野下方消失，如同梦境。但夜里，尤其是暴雨的夜里，太平洋好像耸立在那，咆哮着压过来。雨停后，黑暗像潮水般涌向露台边缘。

理论上说，往一个喝醉的人身上注射酒精是个不错的方法。但是喝醉以后，人的表现不尽相同。有人会很快入睡，身体完全没有知觉。有人虽然也昏昏沉沉倒在床上，大脑某个区域却保持警醒，针刺那一点点痛觉也会让他醒过来。而且注射会有痕迹，会有针孔，高浓度酒精会让静脉发生炎症反应。尸体上痕迹无法消除，把希望寄托在一个粗枝大叶的法医身上，计划就不够完美。

他就那么睡着了，那么多年来，总是把最难的部分交给她来处理。

二

她仰靠在转椅上,差点睡着了。沙庚从背后抱住她。她连忙伸手去合上电脑,座椅脚轮向前滑动,连人带椅子向后摔倒。沙庚也被砸到了腿脚,跌滚作一堆。

沙庚显然是被砸懵了,他努力想弄明白发生了什么。没有意识到一只手抓着她的浴袍,另一只手还掐在她脖子上,把她和椅子都压在身下。

"你让我站起来啊。"王吉叫嚷,挥舞手臂寻找支点。好不容易撑起身,浴袍被座椅扶手挂住,从肩膀一路扯了开来。她心里不止这一点点气,她用力推开他。

"这不能怪我呀,你自己没坐稳。"他抓着浴袍没让她滑脱,脑袋埋在底下,瓮声瓮气,脸鼻子在她肚子上磨蹭。他又一次背叛了她,她心想。要对原本亲密的人坚定地生出敌意,其实并不那么容易。

她把手按在他头上,摸他的后颈,皮肤有点松了,她出神地想,捏了捏,如果那是狗脖子,捏这儿就可以提起来,扔出去。她真有点气不过,那比身体背叛更让她愤怒,那是——她仔细想了想,觉得那可以称为某种"智力的背叛"。

每次她以为自己对他十拿九稳了,他就会有意外之举。他的天地总是比她大,她所侵占的地盘,不过是他有意割让的。她有点激动起来,听见自己喘着粗气,意识到短裤上有点凉湿,隐约感到耻辱。

就像一盘赌局,她已跟他玩了十年。她每次赢一点,一次一次赢回来,又总是一把输出去。会不会她大脑的智力活动区和情欲区有特殊联结?她使劲地回想那些名词,额叶联合区,或者纹状体?情欲是一种奖励,跟多巴胺有关。可她这会越来越兴奋,没法记起那么多知识点,她又不是罗振宇。她笑出声来。

笑什么,他问。她转过身,背朝着他,为了不让自己笑个不停。她开始回想那部电影。是不是叫《水果糖》?为了惩罚一个渣男,女孩决定阉割他。她查过资料,那很简单,两边扎牢,中间一剪,蛋就自己掉出来了。别担心那些静脉动脉,都很细,它们自己会凝结,会萎缩。死不了,只要工具消过毒。她越想越开心,笑得浑身发抖。

"这么晚你开电脑做什么?"

他喝了酒,他不会注意到她打开的网页。她倒是受了惊吓,慌忙合上电脑,把自己摔倒了。

"月底交不出故事大纲,他们来拆了你办公室。"

"你能写了?"

"如果他喝醉了,再多注射点酒精,这样就没人能看出来他是被杀的了。"

刚看到邮件时,她不太理解,库克群岛上的一家公司,既不是酒店,又不是租车行,为什么发邮件约他见面?他呢,又做出那副无辜表情,眼睛瞪着虚空中某个正在耍弄他的人,皱着眉头,像是要尽力弄清楚自己被卷进什么样的谜团中了。他从来就没有好好掌握过分寸。每次她都宽容地鄙视他:戏又演过头了。

她在谷歌上稍作检索,弄懂了"环球信托网络"向顾客提供的服务内容。难道这就是他的计划?

"可以先做一稿了。"她边想边说。

三

她坐在床上,笔记本放在腿上。她打开电脑文档,把调整后的故事轮廓讲给他听。

盘子码好了,钱也一笔笔打进公司户头。男女主角定了档期，只要有沙庚的名字，发行公司很乐意保底。这主意听起来能赚钱。

一个迷人的南太平洋小岛，一大笔钱，一些衣冠楚楚的男女，一场谋杀案。色彩要鲜艳，这容易办到，岛上到处开满大朵鲜花，女人们簪在鬓角上。天气好时阳光特别强烈，连手机都能拍出颜色饱和度极高的照片。观众也许会联想到那些好莱坞老电影，尼罗河谋杀案，阳光下谋杀案，诸如此类。

这个主意是她的。他甚至没有当即领会其中的意义。或者比利·怀尔德，你看过那部电影么？开场就是女明星葬礼，到处都是鲜花，五颜六色。她反复对他说，让这些想法好像是从他自己心里长出来的，好让他到那些投资人面前口若悬河。

有一个秘密，说出去会天下大乱。沙庚连一行像样的句子都写不出了。观众都蒙在鼓里，金主们对此也毫不知情。那些出版人和制片人，连他自己的拍摄团队，虽然每天和他一起开会喝酒，没有人对他起疑心。所有人都信任他，沙庚一定能想出好主意，永远可以出人意料。他装模作样，跟人家讨论故事大纲。头脑风暴，全部录音。让人去搜集资料。

然后宣布闭关创作。

一个人都不见。只能从微博微信、脸书推特上看到他的消息：一两句没头没脑的话，有关写作、谋杀或者某种心理实验。配上一罐英国茶或者一杯单麦，暗示自己正处于某种情绪（显然这情绪是有点英国化的）。有时候，索性就是工作室一角，他的巢穴，他刻意略带一点自嘲、向人吹嘘的那间具有神秘作用的房间。书架上有整排英语原版书。镜头近一点就可以看到书脊，心理侧写术，药理学，法医鉴定学，犯罪史，各种年份的犯罪小说。有一幅特写照片，一块圆形扁石占据了大半画面。石块边缘钻了个小洞。他给照片配了说明文字：一件石器时代的凶器。

他越来越热衷于这类造作。表演起来，态度也越来越大方。可能他渐渐觉得，把这些事情做好更重要。就算她完成了所有构思，打出了每行句子，如果不署上他的名字，那也不值多少钱。

他心安理得。她不过是个法学院女学生，而他呢，在一个网络小圈子里，那时候就很有名了，被很多谋杀案小说迷追捧。他写过一个多重人格分裂症患者连续杀人的故事。王吉心平气和地承认，她当时有点崇拜他。

到她毕业时，沙庚已被人发掘，包装成新锐作家，印了一两本小说，又年轻又神气。那时候他连续工作，不停地写，头脑高速运转，十分敏感，因此显得特别迷人。在模糊不清的记忆中，她的形象似乎有点邋遢。她状态不安定，从一间律所跳槽到另一间，发现自己不过是从一堆干不完的杂活，跳到了另一堆。不知怎么见面次数就多了起来，她依稀记得那阵子她有种恐慌，觉得在沙庚面前，她连一丁点秘密都保不住，他总是轻易地猜出她的心思。

她成了他的情人。他说是夏天，她却记着十一月。这问题争论久了，她倒有点想起来，他说得没错，应该是夏天。她的记忆跳空了几个月，可能因为当时她感觉很糟糕，有点难堪。她连内衣都没换，那一身旧得没样子。这也证明她毫无预见，没有心理准备。那是夏日午后，她浑身都是汗。刚坐下来，他就跪在她面前，像刚刚那样，把脸埋在她紧张得快要痉挛的小肚子上。从头到尾她都在担心身上的气味不太好闻。但她最后终究感动了，心里一直有个声音：他这样应该是很爱了吧？

那年冬天，他写出了一部真正的畅销书，反复加印了几十万本。那是他自己完成的最后一部作品。他坐在电脑前打出了每一个字。打满一页就印出来，交给坐在身后的王吉。考虑到从那以后他就想象力枯竭，连一行字都写不出来，尽管不算很公平，王吉仍愿意把那本书的功劳都算在沙庚头上。

四

凌晨四点王吉才关电脑，上床睡觉。醒来时发现沙庚出门了。她看看时间，快到中午。床头柜上压着便笺纸，沙庚写了几个字，让她去鹦鹉螺餐厅。

餐厅在沙滩上，供应"拉罗汤加岛上最美味的法国食物"。阳光很好，潟湖水绿得透明，闪烁的沙地中有很多水母尸壳，大大小小的蓝色泡泡，看起来不太干净，像使用过的安全套，被人四处乱扔。王吉一脚高一脚低，慌不择路，沙滩上有很多狗，被潮水冲上岸边的海参，看起来就有点可疑了。

她把脚伸进浅绿色的水中，洗掉沙子。她站在潟湖里接电话。沙庚说他一大早上山，这会正下来，快到山脚下那条殖民时期铺建的旧土路了。他开了车，停在一个毛利族村庄旁边。

拉罗汤加岛中部，进山有一条步行线路，沿途穿越原始雨林。Skype电话信号断断续续，声音听起来像在喘气，沙庚说山上太冷了。王吉并不认为他真的那么喜欢运动。人对自己常有错误认知。就像她自己，她没自己想得那么好看，没自己想得那么聪明能干。虽然她常常第一人称式地代入凶手角色，但她怀疑自己有没有那么心狠手辣。

王吉在他手机上动了手脚。她又高估自己了，以为稍微花点时间，做个骇客也没那么神奇。她找了半天也不知道深网在哪，在电脑上折腾了半天，也没能装上洋葱。她从《纸牌屋》中获悉，IRC聊天室可能隐藏着很多高手，可她根本找不到入口。

她在给自己电脑装上了几十种木马病毒之后，终究找到了她想要的工具。Highsterspy通过网络合法销售安全监控程序。顾客只要注册、下载，再按月购买服务，就可以"远程照看你自己的孩子"。网站提供了另外几种服务场景，包括"不忠实的配偶"那一项。它可以帮你获取"不忠实配偶"的通话记录、短信和GPS定位。如果你多付一点钱，它也可以帮你查看照片，悄悄打开摄像头和录音机。当然，最后那几项服务，她觉得自己不需要，她向自己解释说，有些数据甚至跟她自己密切相关，把它们放到别人家公司的服务器上，不安全。与此同时，她也暗中嘲笑自己感情脆弱，还有什么情景是你担心会让自己看到的？

网页上说，把你"不忠实配偶"的手机拿过来，只要两分钟就可以完成安装。她差点让自己彻底露馅。她估计自己半个小时够了，实际上她花了两个多小时。

根据卫星定位系统报告，沙庚在阿瓦鲁阿镇上，库克群岛首府驻地，正好是中央山脉的另一边。在这个差不多算是卵形的岛屿上，他们俩应该处在最远的两点。"环球信托网络"总部就在那。有一天，她独自驾车绕行环岛公路，找到那幢房子。真够低调的，外观普通的三层楼房，每一层都有露天围廊，沿街楼梯通向廊道。她上了楼梯，推开门。迎接台后伸出一朵硕大黄花，插在年轻土著女人的头发上。她欢乐地对王吉说，这是私人公司，如果没有预约，请立即离开。

鹦鹉螺餐厅用茅草覆盖了屋顶，下面却是个现代感十足的全透明玻璃房。餐厅没开空调，王吉索性挑了个露天座。没多久沙庚就来了。

他要了火腿和蛋,她要了本尼迪克煎蛋,浇蘑菇汁。他又给他俩都加了一份甜品,香蕉和百香果馅的饺子。他吃得很快,果然运动一下有好处,谁让你那么好的天睡懒觉呢。

餐厅旁,在游泳池和沙滩之间,搭了白帆布大棚。距离大棚不远,有一扇古怪的门固定在沙滩上,用竹竿草草拼起的门。它可能具有什么象征意义,面朝着阳光灿烂的潟湖。可它看上去简陋空洞,孤零零站在沙地上,会给那场婚礼带来什么好运呢?大棚里面,桌上堆着许多透明白纱。王吉差点想不起来了,他们俩也是在蜜月旅行中呢。

"蛋他们有的是,他们养了好多好多鸡,虽说下蛋不够勤快,可好歹存了一大堆蛋,别不舍得吃。"

从前,他们俩常玩这个游戏。那一度很有趣。说着说着突然来一句电影台词,或者从哪本小说里偷来一段对话,看你能不能发现出处。沙庚曾对她说,这是"让日常对话更加戏剧化",那时候她真有点崇拜他。

这段关于鸡蛋的台词,来自《捕鼠器》。他们喜欢读的小说,看的电影,全都是跟杀人有关的。他们最初互相认识,就是在一个谋杀故事迷们聚集的小型网络社区。阿加莎·克里斯蒂这剧本,她不知道看过多少遍,因为它从头到尾都是对话，因为从前他嫌她台词不够好，说她平时也不太会说话。

她对他做了个鬼脸，你就剩这点存货了，她说。她用刀切下一小块蛋白，拨弄它。刀叉反射着阳光，云像是凝固在蓝天上，一动不动。

沙庚说："你发现没有，这岛上没鸟。"

"山上也没有么？"

他想了想，说："不记得看到过什么鸟。"

签单时，沙庚问了服务生。又高又胖的毛利族女人说，老鼠吃了鸟蛋，鸟都死绝了。王吉想起来，她曾在谷歌上读了几百页搜索结果，记得有一页提到过鼠灾。

五

起初沙庚说，他的生活太美满了，他的心理已不适合写作阴庚惊悚的故事，他没办法让自己像一个谋杀犯那样思考。后来他回到电脑前，把她叫来，让她坐在身后，给他一点"紧迫感"，他写完一页就打印出来，给她读。结果他更加气馁——他的焦虑多了个现场观众。

部分出于爱情，部分出于自信，趁他离开电脑，她试着写了几段。

这事情也没那么让他们困扰。模模糊糊,好像是有那么一个场景,略带点玩笑气氛:他喜剧性地退出了写作事业,交出了舒适的转椅、键盘和鼠标。他坐到了后排,负责阅读打印出来的故事。

一旦腾出手,不用在电脑前辛苦劳作,他完全展露了才华。比真正去当一个作家,他更擅长扮演一个作家。出版人,制片人,投资人,他在各种圈子中不停旋转,靠着离心力把自己从上一个圈子甩入下一个圈子,她写,他来卖。他把那些故事从现金一直卖到期权。到后来他也不再为秘密感到羞愧了,因为如今他拥有了一家以沙庚这个名字为主要商誉资产的公司,这家公司又被另一家上市公司买了下来。那家公司用股票来支付对价,而这批股票不久就可以解禁上市。

她不记得怎么发现他在璞丽酒店的。可能是苹果手机的某个APP,也可能是一句什么话飘入她耳中。他自己则说是在剪辑室看素材。她去了酒店,坐在大堂偏僻一角,玻璃墙外竹林掩映。她看到他和一个女人。

她去吃了一套おまかせ。薄刀在金枪鱼大脂上划过,

大马士革钢的花纹在灯光下闪烁。一时间她真想杀了他。喝下半瓶"贺茂鹤",她没想出什么好办法。不在场证明可能会被戳穿,交换杀人也许会变成一场失控闹剧,现场伪造得越多,就越容易露出马脚,模仿杀人更是一种戏剧幻想。像电影中那样,把自己虚构成一个受害的女方,让警察们去发现那本秘密日记?

她没杀他,也没有"让他见鬼去吧"。寻常男女那点戏码依次上演,折腾了将近半年,两个人都精疲力竭,终于决定结婚。从预告到婚礼忙了大半年,一切看起来都恢复常态,王吉在那段时间还写了两三个故事。

她发现自己养成了一种习惯,总是把沙庚假想成她笔下谋杀故事中的那个牺牲品。她想象他在圈椅上垂头打盹,被一根钢针刺入头颈。想象他熟睡在充满煤气的房间。她那些虚构亡魂,从此都有了一个实体形象。

六

王吉知道他回过房间。一进门她就知道了。房间地上有些细沙,穆里这些酒店就像漂浮在沙滩上。但她出门前,服务生刚打扫过，用了吸尘器。

"别老在房间里，下午来玩kayak？环礁那边水深，可以浮潜。"

潟湖边到处放着这种单人划艇，也有俱乐部指导你怎么让它在水面上保持平衡。她第一天看到这个词就觉得很好笑。

"kayak，真滑稽，那是个爱斯基摩词。毛利族，他们有自己的独木舟，瓦卡。你可以去看看《海洋奇缘》，那动画片。"

他摇摇头，意思是"对你的学究我早就服气了"。她继续发表议论，据翁达杰说——在他那本《英国病人》中，伦敦皇家地理学会会议大厅就放着一艘毛利独木舟。我们自己也看到过，在奥克兰博物馆。你不记得了么？

"要不然咱们租个山地越野车上山吧？"

"你自己去吧。我要找律师咨询一下。看看要是你从陡坡上翻了车，怎么处理遗产。"

"你越来越幽默了。"

王吉觉得他脸色暗了一下，不知道律师和遗产这两个词，哪一个触动了他。她觉得这话确实有点过分。

他脱剩了短裤，往身上到处喷防晒霜。他要去潟湖玩个够，划艇、滑翔、浮潜，所以挑了罐SPF80+的"露得清"，防水型。他把手机装进防水套，挂到脖子上。这会他显得又快乐又好动，在门口的露台甲板上蹦蹦跳跳，又到庭院中的游泳池扑腾了一阵。池边坐着两个小孩，朝池里扔花瓣和树叶子。帆布躺椅上的女人用帽子蒙着脸，身上晒得油光发亮。

王吉坐在露台藤椅上看着他，背影在通往沙滩的台阶下消失了。

她站在卧室中央，想象着。衣橱前面，地上有些沙子。他回来换衣服。他去卫生间，在小厨房喝水。他没有使用电脑，他当然不会放到保险柜，他肯定不想被她发现。

王吉知道他上午去了哪里。她曾用谷歌检索"环球信托网络"的官网，仔细阅读每个页面和外部链接，了解了它的业务结构。她一直是个优等生，善于自己设问，自己寻找答案。比方说，既然这家公司在香港也设有分支机构，为什么他一定要专门来一趟拉罗汤加岛呢？

这很简单，你可以给他们打电话，请他们解释总部和分支机构的业务界限。但他们不会直接告诉你答案。他们不做柜台业务，只提供私密、一对一的服务，换句话说，需要有人推荐介绍，他们才会回答你的任何问题。

打电话需要一点技巧，从前叫街头骗术，现在叫"社会工程学"。一点点知识和一点点演技准备，她得到了答案，对她并不容易，她缺少对话中的急智。"环球信托"提供两种服务，它在全球各地的分支机构可以为您办理单笔信托业务，而它在拉罗汤加的总部，将为您提供一整套资产信托的解决方案，包括为您注册一家或几家名义上的资产持有公司，报纸上常常称之为离岸空壳公司。

王吉搜索到一则报道。记者用一种知情人微露口风的语气，隐约提某种转移资产的方式。提到了南太平洋某个岛屿，当地政府别具一格的信托业法规。王吉想到了沙庚名下那些即将解禁、可以上市买卖的股票。

七

珊瑚礁形成天然围堤，太平洋潮水奔涌而来，到此遇阻，隆隆声中卷起一线金色水幕。划艇借着风力向沙滩急冲，沙庚不断用划桨调整方向。水底布满奇形怪状的破碎火山石，海水没过王吉的脚踝，水裹着细沙在脚面上滚动。

他是有点小聪明。他把文件放进王吉的箱子，跟旅行文件装在一起。他猜想那个袋子一般不会打开,可能性很小。

整个下午,王吉再次回到因特网,仔细搜索,阅读。有个策划庞氏骗局的美国罪犯,联邦调查局发现他有一笔库克群岛信托资产,无法追查冻结。因为当地政府对信托人和受益人的信息保密,不受任何他国司法干预。在英国,一群患者集体诉讼一位整容医生,法院却发现,医生已将财产转入库克信托机构。这里就像全球中产阶级的保险箱,如果你想跟太太离婚,只要把财产转进来,在信托受益人一栏填上自己的名字,你太太就永远也拿不到那些钱了,不管世界上哪家法院愿意帮她。

出门去沙滩前,她给沙庚发了一条短信。

沙庚放弃了,不再跟风争夺,任由划艇偏离航向靠岸。再看岛上,天色说暗就全暗了,太平洋瞬间变成视觉的尽头,什么都看不见。

一堆树枝点燃了,几个年轻人围坐着,互相传递手卷的香烟,空气中有一股奇怪的味道。他们快乐地朝王吉笑。

沙庚在沙滩南面几百米处上岸,两人会合了。酒店和度假俱乐部都建在防潮堤后,比沙滩高一层。灯光几乎照不到沙滩上。他们俩谁也看不清谁。

"我刚刚给你发了条短信。"

"我没看到。"

沙庚从挂着的防水袋里掏手机。他打开手机看了一下,说:

"那不是在——"

他突然沉默。

"我看到了。"她说。

他想了想,解释了一通。有些话是"环球信托"的律师告诉他的吧?他自己甚至未必完全能懂。他把重点放在安全性上,当然还有税务。

"我看到合约了。受益人的名字你只填了你自己。"

"那只是为了方便。这样就少了很多文件。"

"离婚分财产就更方便了。"王吉笑出声来,因为黑暗中他可能看不见。

"别胡说了。怎么会。"

再次路过那堆篝火。他们抽完了烟,有一句没一句低声说着话,其中有一对情人抱在一起接吻。

她想,如果刚刚来一阵暴风雨,像昨天晚上那样,他就有可能回不来了吧?此时此刻,太平洋像个巨大的黑洞。

在环礁那头有一道缺口，潟湖中那些大型鱼类，都是潮水高时从缺口进来的。在连手指都看不见的黑暗中，风会不会让划艇偏向，从缺口漂出去呢？

"你别想太多，是替我们俩安排。现在大家不都有点焦虑么？"

他从前也有点愤世嫉俗，短短几年，就变成焦虑不安的有钱人了。

"做了多少呢？"

"其实，没多少。先搭好框架。"

"我知道，你都准备好，就等那笔股票解禁卖掉了。"

再过几个月，他会把一大笔钱偷偷转出来，她永远也追踪不了。那些钱可能在好几家公司来回进出，最后进入库克群岛的信托账户。

她想让声音更隐忍一些，让愤怒来得更寒冷一些。她要告诉他，她打算去向全世界证明他是一个骗子。那些小说，那些电影剧本，都是她写的。她还有其他证据，证明沙庚和他那伙人全都是骗子。他们欺骗投资人，虚列各种项目，把一大半钱都私吞了，却告诉人家那都是因为昂贵的明星和昂贵的宣传。他们是一群腐化的混蛋，他们——

"你又骗了我。"但她从来就是头脑比嘴快,心里想了十分,连一分都来不及说出来。他想来拥抱她,她甩掉了他的手。

"你担心什么?"他说:"我们俩天长地久呢,你一定要生气,那我可以添上你的名字。"

她听到天长日久这个词,肚子都气炸了。他还拿手来摸她脸颊。她想起他总是把手指头塞进她嘴里,她因为自己跟他曾那么亲密无间而鄙夷自己。

于是,她就张嘴对着那只手,狠狠咬了下去。

那天晚上,她临睡前,迷迷糊糊地在心里对自己说:有的是时间,他们明天还要去阿塔图基岛呢。那儿有一家全世界数一数二的小型酒店,几乎建造在潟湖上,安静得令人发指。从房间露台可以直接跳进浅绿色的水中,浮潜。她想起了那部电影,男人用煤气杀死了太太,用一套浮潜装备,躲在地板夹层中,制造了一个不可能的犯罪现场,差点就成功了。

八

她开车,沙庚坐在副驾驶座位。他们在新西兰南岛。

蜜月旅行预定行程的另一部分。他们徒步穿越米尔福德峡湾，没什么冒险的感觉，很平淡。这儿连个失踪游戏都没法玩。如果你在规定时间没有抵达中途客栈，新西兰旅游管理当局就会出动直升机搜寻。

这会他们行驶在山脉背面，山坡上没有树，也没有丛生的蕨类。冰川在向后退缩，但植物仍没来得及长出来。冰川侵蚀后的陡峭石壁上，偶尔有三两头山羊。她的耳膜越来越感觉到压力。网络信号也变差，沙庚的谷歌地图好久都刷新不了。他仔细识别公路路标上的字。他们几年前来过这里，在冰川上徒步攀登了三个多小时。那一次他们从前坡上山，沿途是茂密的森林和镜子般的湖泊。

公路盘旋而上，路开始熟悉起来。上一次他们亲密无间，兴奋得像两头羚羊。这回，王吉想，看起来也不差。除了穆里沙滩那几个可能是在吸大麻的年轻人，没有人注意到，这对新婚夫妇似乎一度曾发生过剧烈争吵。但那些家伙沉浸在自己的世界中，他们能听见么？当时沙庚骤然吃痛，以为中指都快断了，大喊起来，连椰树林中的野狗都惊动了，冲到沙滩上狂叫。不过就算听见动静，可能也看不见什么，周围太暗了。

沙庚同意在信托财产受益人中添上王吉的名字。那晚他热情如火，不时伸出手指上的伤口给她看，咒骂她。第二天早上，他们俩去见了环球信托的律师，提出更改受益人的要求。没有问题，一切都会妥善安排。首先，需要王吉提供一大堆材料，附上律师公证函。沙庚坚持完成整个预定的蜜月行程，然后回国处理法律事务。王吉没有反对。

汽车停在雪线边缘的集合地点。平坡旁有一条融雪形成的小溪，四周群山已是雪白一片。他们戴上护目镜，换了钉鞋，越过拦网，开始向上攀爬。雪地反射着刺目的阳光。山坡凹凸起伏，两行杂乱的脚印向下延伸，在几十码外突然从视线中消失。他们跟着脚印小心靠近下坡边缘，下面只是一道突然沉陷的浅沟。王吉跳下去时摔了一跤。还没到中午，雪还没有被太阳晒软。他们俩在雪地上坐着，嘴唇上粘着些巧克力互相亲吻。

他们脚下吱吱嘎嘎，在雪地上行进了两个小时。地貌越发险峻奇特，现在他们看到了真正的冰川景观。他们没有雇佣导游，所以不太敢自己爬上冰脊，或者寻一条缝隙钻进去。

他们找到了从前来过的地方。铁丝网把上坡隔开，上面挂着警示牌。但有些胆大的游客会从拦网边的一个凸石上翻过去。斜坡沿着冰峰转了个折角，爬上去就能看到岬壁。他们俩曾站在岬角突出的平台上，面对壮观得让人心寒的风景，愈加觉得甜蜜无比。

在王吉面前，直下数百米，冰川刨蚀出巨大的谷地。碧蓝色的湖面如同凝固在谷中。他们没说话，静静地看着阳光在对岸冰盖的山峰上移动。

沙庚往前半步，转过身，动情地对她说："我们像过去一样好么？"

岬角上横起一阵风，吹得人透不过气来。她只觉脚底趔趄，身体不受控制，整个人被风吹得向外滑。她努力站定，睁大眼睛，沙庚弓着身体，努力保持平衡，他双臂向后舞动，想找到她，他抓到了她的手臂。

她猛地甩脱那只手，惯性让他向前扑去——

就在那一瞬间，她突然想哭，突然心软，她用两只手乱抓——

她抓到衣服一角，她用力向后扯。全靠身体本能，他站定了脚步，摇晃着从岬角边缘退回，他望着王吉。

她望着他，两个人互相看着对方，一时间好像心灵完全相通。

　　她像身处一个梦中,她感觉他在她肩膀上推了一下,她感觉得到,身体正在慢慢失去平衡,她望着他的脸,他的嘴角动了动。王吉似乎听到他在说什么,分不清那三个字到底是不是"对不起"?或者是"回不去"?但她知道几秒钟后,她将摔入万丈深渊。

冕
....
舒飞廉

舒飞廉　原名郑保存，湖北孝感人，华中师范大学文学院教师，出版有《飞廉的村庄》《绿林记》《射雕的秘密》《云梦出草记》《万花六记》《阮途记》等作品。

他回复完上海一家杂志约小说稿的微信,撑起圆圆黑伞,走向停在河堤边沿上的帕萨特,她在车窗下已听完电话,降下车窗朝他招手。下午四五点钟,牛毛一般的清凉春雨飞洒,将远处的澴河渲染得烟水茫茫。岸边护堤的白杨林在重新生叶子,灰白的枝丫间绽开的点点鹅黄,与它们沟壑纵横的树身,有奇异的登对,以有些人爱引用古文修辞的习气,就是"黄发垂髫并怡然自乐"。河堤是一弯修眉的话,澴河就是她春水一般的眼睛?白杨林是她细密的眼睫?不过是一个小时没有看到她,心里就像撞鹿似的,还是二十余年前,你十五六岁?他在心里嘲讽着自己,一边将手中捏持了半天的小花环递给她。

他花了半个小时来编这个小花环。十几根荠菜花茎,花序绵密如同细齿,童稚,细瘦,象牙白,元宵节一过,荠菜起薹,无法炒食,荠菜花会被爹爹婆婆们扯成小捆,去瓦瓮里煮三月初三寒食日的鸡蛋,这样去送女人讨个好,不多见的。七八根小黄花并不是蒲公英,河堤边翡翠般的细草里,蒲公英一簇一簇弥生其间,显现出去年它们的种籽打伞冲举漂流江湖的威力,但另外一种纤细的小黄花抢在了它们盛开之前。他用手机上的形色APP来辨认,"形色"讲,它叫秃疮花，当然也有家伙叫它兔子花。随着不断上行的中年发际线，他当然不喜欢"秃"这个字，但花是好看的。蒲公英，还有河堤外油菜花的明黄，都太强势了，像她小时候学画油画时，他送她的调色盘，不如这几株兔子花有扑朔迷离的神采。另外还有十来支紫红色的唇形细花，风铃般，果然像撅着嘴的一串吻，"形色"说它是宝盖草，模样有一点像益母草，但比益母草开花来得娇艳。"宝盖"这个名字，多好听，好像是要扈从仙女出游的样子。他在细雨里漫步河堤，由春雨唤醒的铺天盖地的野花野草里，散漫地挑出白黄紫三种，一二十株花朵，又用坚韧的马鞭草将它们编成花环，成为一个整体的"它"。它是什么意思？荠菜平常而护生，秃疮花与宝盖草，"形色"觉得它们的花语，是娇美而羞怯，它们合在一起，是要去表扬一个娇媚而平常的乡下姑娘吗？她从前是，现在已经不是了。

之前的半个小时，他就举着黑伞，像蒲公英的种籽一样，漂浮到他们从前的村庄里荡路。下堤的柏油路将村庄分成南北两半，像嵌在一起的虎符。细雨飘打在鳞鳞黑瓦上，如同梦幻，黑瓦下白墙围出来庭院与房子，铁门上有褐锈，木门上有翠苔，分别贴着红绿白色的春联与门神，红色占多数，说明这些屋子里的人平安喜乐,绿色说明前年有人去世,白色则说明,一场丧事刚刚在屋顶下落幕。黑瓦白墙间,枫杨、桑树、苦楝、栎树、乌桕、樟树、枣树、梓树、美人蕉、栀子在长新叶子,这些乡下的树,难不倒他,开花的是梨树、杏、樱桃,最美的是房前屋后,横斜在池塘边的桃花,刚才路上他开车,她在副驾上,张望沿路村庄里的桃花,赞叹好好看。黑背白腹蓝羽的喜鹊在开花与生叶的树枝间跳动,它们因为肥硕而显得姿势笨拙,树下是一群群在惊慌与闲散之间自如切换状态的母鸡,由昨夜的惊雷里爬出来红蚯蚓绿蚯蚓,堪堪成为它们的美食。五百块钱一只的溜达鸡啊,他点数母鸡的数目字,一边感慨村子里的万元户之多。这些"有钱人",青壮年多半已坐动车去各地的城市工作,余下寥寥无几的孩子在陡山镇中学小学校里混日影,老年人在牌屋里打麻将与长牌。春雨沙沙,村巷里空荡荡的,空气中散发着青草味、花香与人畜粪便的臭味,喜鹊与母鸡羽毛的气味,蚯蚓黏液的气味,与雨水滋养出来的泥土气味混合在一起。好好闻,她一定会说。三十多年前,要是时光一下子倒流回去,好像海浪由沙滩上猛然退走,他与她,更多的孩子,会小螃蟹一样,由迷宫一样的小巷与门洞里钻出来吧,"伢们的,出来玩，莫在家里打脾寒！"春天，的确是瘟疫与脾寒挨家挨户来箧寻人与动物的时候。一边死亡，一边生长。他们手拉手游戏，湿漉漉，汗津津，像田鼠刚下的小崽似的，由村庄到河堤，由河堤到溪岸，荡路游乐，直到母亲们裂帛一样，放开嗓子，叫喊着他们的名字，阿力？小狗？将他们拘回家去棉籽油灯下乖乖吃晚饭。

一小时之前呢？他们刚刚碰面，他在天河机场T3航站楼二楼B出口接到她。她推着巨大的MUJI行李箱，黑色的敞口包垒在行李箱上，由接机柜后的出口绕过，由百度的搜索引擎里，由新浪的vip邮箱里，由气息奄奄的天涯社区里，由已经了无踪迹的MSN里，俏生生地站出来，兴高采烈的样子，还是令他慌乱不已。再之前，回返到空客320的深腹，回返到蓝天白云，是南台湾的阳光，观音湖中归巢的鹭群，柏林郊外的深雪，在慢跑中被冻僵的白狐，是十余年的岁月，大半个地球，是"生日愉快""新年好""你身体还好吗""我最近爱看的书是"……是克里斯蒂娃、伊格尔顿，是拉康、列维-斯特劳斯，是海德格尔、阿尔都塞，是胡塞尔、弗洛伊德、荣格，是本雅明、黑塞、米沃什、叶芝、帕斯捷尔纳克，更是保罗·策兰："我们站在窗口拥抱，他们从街上望向我们:/是人们知道的时候！/是那个不安搏动了一颗心脏,/使石头迸裂开花的时候。/是它成为时间的时候。/是时候了。"真的是时候了吗？我们重新碰面。河堤之下,杨柳青青,春雨夜,云梦泽中的小村庄,桃花比十年之前,开得更加古媚、朴野、娇艳。村口的墙壁上,粗野的颜体字,列着最近一次婚礼送礼金的名单,层层累累熟悉的名字。"打深井黄师傅"三个字旁边,写出黄师傅的手机号,好像他随时都会骑着电动车戴着安全帽突突出现在柏油路。村里浅表的地下水不太能用了,可是在二三十米之深的深砂层,云梦水仍在活泼泼地涌流。"电视锅李师傅"保证收到天下所有的电视节目,比录像还好看！"送煤气张师傅"会将秸秆还给田地,也是他消灭掉了家乡的炊烟吧！"丧礼一条龙马师傅"的电话后面,会是一个小小的团队,道士们唱念坐打,头发油腻纠结,哭丧的女人可以随时召唤出珠串般的眼泪,打湿她的口红跟胭脂。他已经将她,由过去的、外面的、虚拟的、电子的世界里下载下来了,有力的手,温暖的笑,能够破掉冰雪,唇上的热吻激发的热泪落在副驾的黑色仿皮车垫子上。站在村口的枫杨树下,他觉得这一刻,比十余年来的任何时候,都更加想念她。十余年的时间,只是客机与动车中虚无的旅行，时间如同无意识，好像永无终点，舱门滑动的刹那，才最是惊心动魄，梦绕魂牵。

"曾经有一个来访者姑娘，是四川人，她丈夫开着一家4S店，之前他俩是合伙人，他们谈恋爱，从大学时代开始，分分秒秒在一起，她说整个四川都变了，他们没有变。有一天她丈夫和一个来修车的漂亮女顾客，到长江边的公园里幽会，她跟上了他们，她久久地站在车的附近，一边想要不要过去敲车窗，一边看明月挂在黄桷树上，长江在崖下奔涌。这个夜晚的结局是，那个女人打开车门，走到她面前，跟她说：我刚才已经羞辱了你丈夫，我说你这么差的功夫，怎么好意思出来玩女人？我帮你惩罚了他，所以你放心吧，他跟我不会有下一次，祝你们快乐……这件事之后，这对夫妻就好像被这女巫画了四个圈诅咒了，一个无法唤起，一个阴道痉挛，他们再也没有了性，关系非常艰难。她在我这里讲述了两年，努力去发掘自己内在的欲望，她发现从那个晚上开始，自己就对与丈夫幽会的那个女人产生了深深的爱恋，她的被压抑的女性意识和主体性，一点一点地被唤醒，被重新拼接。"她向他讲述她在工作中遇到的临床案例，一个女精神分析家，她将向她求助的她们称作"来访者姑娘"。

他将他们的车在春雨中转入三一六国道，又向右拐向往陡山镇去的县级公路，路边是绿意蓬蓬的白杨枫杨，白杨枫杨外是碧水涟涟的女儿港，港外是绿油油的麦子与金灿灿的油菜，金绿的图画里，是一个一个岛屿般的村子。每一个岛都由一条柏油路连向他们疾驰的公路，在临近女儿港的地方，会变身成为长长短短的桥。或新或旧，石头，或者水泥预制板，每一座桥，都有一个自己的名字。他一边听她讲故事，一边留意那些被雨水磨洗的石桥的名字：池庙桥，四屋塆桥，新堤桥，罗家河桥，杨家咀桥，朝阳桥，草庙桥，卫东桥，罗坡桥，祝家桥，晏家桥，保光桥，舒家石桥，大树桥，梦北桥，方桥，袁湖桥，喻家桥，三集桥，阚家桥，王桥，茨林桥，井山桥，高潮桥……

"二十四桥明月夜，玉人何处教吹箫。"何止是二十四桥啊，又何止是玉人，春雨如丝的黄花天，绿麦地，又哪里比明月夜差了，你在你的人生里，在这个故事最精彩的弧线上奔驰，你知道的，编这个故事的你，也知道，唉，其实你们也并不知道。你如果知道，就会右脚稍稍松开油门，就会将右手由方向盘上移下来，握着她的手，谛听她用一点点闽南话腔调好听地说话。"有一位来访者姑娘，是意大利人。她出生在南部的西西里岛,就是那个《西西里的美丽传说》的岛,还有一个电影名叫《豹》,你也看过对不对。她是一个贵族地主的后代。这个姑娘当时交往了三个男朋友,后来她遇到了一个麻烦是,她发现自己怀孕了。她不知道怀上的是哪一个男朋友的孩子,就不能确定要让谁陪着她去向医生说明为何要堕胎。为了解决这个麻烦,她只好找了一个新男朋友,陪她处理这件事,所以她就有了四个男朋友。按照她处理关系的这种模式,她会有第五个、第六个、第七个男朋友,而她在这些复杂交错、而又无法自控的关系里痛苦不堪……她分析了很长时间,在她结案之后,我和她成了朋友。她的确是一个聪明而又有趣的姑娘。她请我到阿尔卑斯-普罗旺斯-蓝色海岸地区做客,那里有父母留给她的一处居所,推开门,就可以看到地中海,洁白而又滚烫的沙滩,透明的粼粼大海,松树冠的墨绿与海的深蓝连接在一起,梦境似的。刚才,她在我们之前分开的那个时间里电话我,问我回中国了吗,找到你心里面像魔鬼一样住下来的那个男人了吗?我说是,他正在河堤上的春雨里为我编花环,我看到眼睛湿润。"

她每天都会听到这样的故事吧,缠绕不清的爱,电话中的谈话，国内外，男人与女人之间，隔着的就像天上西王母用发簪划出来的曲折银河？在地上，就像这个女儿港一样？从前女儿港上也是没有桥的，它由大别山的某一个山冲里流出来，由云梦泽的外弧上流过，汇入由云梦泽深处流出来的澴河，再汇入贯穿云梦泽的汉江与长江，由云梦泽往大别山，跨过河流，要乘渡船。他将女儿港的来历故事讲给她听："我爷爷讲过，我们这一带的地名，跟春秋时代的伍子胥有关系。伍子胥据说是附近云梦县伍家山人，他的父亲伍奢与大哥伍尚被楚平王杀掉后，他穿过云梦泽逃往吴国，一路上经历了七次危难，被称为'伍七逃'。据说他躲过的老家，在他离开后，亲族都改姓了黄，所以塆名也改成了'一夜黄'；他落脚一个罗汉庙，有虎皮蛛蜘织网封门骗走了追兵，后来改成了'伍洛寺'；他步行走过的一条街，引他走向了平安的三岔路，所以叫'大埠街'，谐音就是大步街嘛；他去掉马铃铛的一个乡塆，叫'打铃巷'；另外一个乡塆，看到他经过，笼中公鸡都叫得特别早，提醒他赶紧动身，所以更名为'鸡笼叫'。后来他来到这一条河旁边，骑着没有铃铛的马，后面楚王的追兵已经蚁线遥遥在望。河中摆渡的是一个姑娘吔，长得好看，头发长，像刷过油漆，一声不吭将伍子胥一人一马牵上了船,将他渡到了河对岸。伍子胥上岸后,骑上马,向前走了几步,又勒住缰绳回望,姑娘站在船头,对他喊道:'伍将军快走!'就扑通跳进了冰凉的打旋的河里,原来她早就认出来闻名远近的公子伍子胥,又晓得他不放心,怕她向追来的士兵告发,怕她将他们也渡过河来追赶。人们因此将这条河叫做'女儿港'。后来呢?后来伍子胥过大别山,昭关下一夜白头,过了昭关,在'新宁寺(心宁寺)'下打尖,自然是逃到了吴国,遇到了明主阖闾,之后率兵攻入郢都,挖楚平王坟鞭尸,报仇后班师回到姑苏。后来呢,他被吴王夫差勒令自杀,死后尸首扔到钱塘江里像江猪子一样沉浮,他终于与划船的姑娘在江水里重逢,在江河湖海深深的漩涡里,他最终得到内心的安宁,可能并非是灭了楚,报了仇,而是终于与此生唯一为他赴死的姑娘相遇了吧。"她凝神听完这个故事,评价道:"要是我,也会让伍子胥上船,只是他必须放走他的马,去云梦泽里吃草。我们可以将船划向灄河、汉江、长江、大海,我们可以到江边海上去渔猎游牧,男人,伍子胥渡得过江湖的漩涡,却渡不过复仇的漩涡,庙堂的漩涡,他是一个可怜的英雄,他没有真正的自我。"他将右手由方向盘上挪到她的左手上,沿着这些故事他们执手向前。就像他们这样，开着车，在油菜、小麦的黄绿海里游牧？女儿港清碧绵密，就像她乌黑的长发一般。陪伴它的县级公路，去年夏天新铺的沥青，体贴黏著的春雨，沙沙地咬合着轮胎，将他们带往烟雨垂暮中的陡山镇，平原上的小镇，其实并没有山。

晚饭在陡山初中附近西陵三路的"一家亲"酒店。日暮里，他们将车停在鸡肠般的细街边小卖部门前的积水里，手拉手，经过一段通往四楼的旋转陡峭楼梯，在昏黄的廊灯里推开一间灯火明亮的包厢，五位客人，已经坐在一张枣红色的圆桌旁边等候他们两人。右边第一位是镇上算命的夏先生，闭着眼睛一脸微笑。他身边往右，是镇党委宣传部的薛委员，头发微秃，头顶上已经升起浅浅的地中海；小学校的校长，姓程，身材瘦长，牙齿有一点点黄暴哦；程校长身边是一位女老师，姓柳，在旁边的初中教英语，一个乡镇的女英语老师，当然应承担起本地时尚的潮流，所以她当仁不让地烫着栗色玉米头，早早地穿上了一件浅灰色的旗袍；柳老师旁边，是市里理工学院来的马教授，戴着菩提子骷髅头的手串，黢黑的肌肉男，一个常去健身房的教授吗？其实非也，他只是刚刚兴起的城市自行车俱乐部的成员。加上他与她落座在电火闪闪的仿壁炉的圆形窗台下,一共七个,从前小学、初中、高中、师范学校出来,或者同学,或者熟人,好像一根南瓜藤上结出来的七个南瓜,天南地北,总会被弯弯曲曲的藤蔓牵连在一起。酒是马教授带来的五十三度的"梦之蓝",菜,也由能说会道的老板娘打理好,由羞怯的乡村女服员用木托盘端上来,一碗红糖糍粑,金黄方正,层层叠叠;十几块豆腐底子与蒜叶一起漂浮在酱油水里——所谓豆腐底子,是将豆腐捏碎,平铺在豆油皮上,加入盐粒生姜调好切块,炸出来的油豆腐,它的样子,马教授说像打稻场上的草垛,程校长说,其实太像丧事中的棺材,薛委员说好好好,我就爱吃这个豆腐底子,升官发财,一边柳老师娇嗔地吐槽说你好俗气;应山红烧肉,据说只能在食指粗细的蒜秆里堆出七块,但每一块,必须是猪肋条以下的五花肉,肥瘦相间,一层都不能少,每一块,也应在二两以上,微胖的老板娘对夏先生讲,我知道你要请客,特别要他们去集贸市场郑屠夫那里买的土黑猪肉,郑屠夫一刀砍下去,往秤盘上一丢,一斤四两,一星不多,一星也不少。程校长就说,郑屠夫也是我们小学同学啊,作家你记不记得,我们初中时,读"鲁提辖拳打镇关西",你就给他取外号叫郑屠夫,后来他毕业，真的学杀猪去了，应该叫来喝酒的。薛委员和柳老师就皱起了眉头：这欢迎作家与精神分析家同学的盛宴，怎么能够让屠夫来参加，他要是坐在夏先生的身边，背后电壁炉里的闪闪火苗，都会被他吓灭掉。你看，过去三十年，有人算了几千个命，有人杀了几千头猪，你呢？读了几千本书，去了几千个地方？两碗鱼菜，一个是"土憨巴"，他们小时候，常常去胜利桥下面的桥墩下，用网来的蛛丝粒钓到，只是这样一拃多长、如马教授身材一般肥滚滚的土憨巴是罕见的，整个童年，他们做梦也未钓到过；另外一大碗，是七八条用辣酱烧出来的黄颡鱼，当然，本地也叫它黄牯鱼，因为它们的长相，的确有一点像滑到女儿港里、变身到百分之一的黄牛，黄牯是指公牛，黄沙是指母牛。鱼菜之外，两个青菜，翡翠一般的新毛豆，新生的毛白菜；两个锅仔，一个黑山羊肉，一个是黑驴肉，在幽蓝酒精块点着的铝锅里沸腾，在生姜、花椒、蒜瓣的助兴下，追逐着白萝卜块与胡萝卜块。老板娘说，锅里的黑山羊与黑驴，昨天都在女儿港边吃青草，昨晚上才被牛头马面赶入黄泉，本地人吃肉，讲究四黑，黑羊黑驴黑猪与黑狗，前面三黑都有了，老板娘怜爱地看一眼夏先生，接着说，云堂喜欢吃的狗肉没有弄，是云堂自己说好的,他担心我们由外面回来的女客人不吃狗肉。

其实是对的,他心里想,她的小名,还叫小狗呢。听到黑驴黑山羊锅仔咕嘟嘟的翻煮声,他身边的瞎子夏云堂麻利地捏起筷子,招呼其他六个人:"你们咽菜,咽菜,酌酒喝,莫讲客气!"很多年后,他和她在他们爬满丝瓜瓠子冬瓜南瓜的乡间小院里写字喝茶时,会想起这个春雨迷离的晚上,这个平常无奇的饭局。是回机场,还是留宿在灰尘仆仆的故乡?不管他,他答应带她来听云堂唱"道情",一种民间的小曲,有一点像楚剧,也有一点像黄梅戏,是那种未点上卤水之前的黄豆浆一样原始的小曲。之前他约老同学一起吃个便饭。没想到,酒过三巡,电壁炉中的火光驱走一丝丝暮寒,在豆腐底子、红烧肉、黑驴肉、黑山羊肉的催发下,除了答应开车的她,其他六人都被两瓶"梦之蓝"灌得微醉。小程校长说他不愿意做这个校长,他最爱的是他的第二职业,乡村婚礼与丧事的主持,穿着白衬衣,站在红色吹气塑料拱门下讲普通话,婚礼上让人笑,丧礼上让人哭,百年好合讲诚信,养老送终讲忠孝,多么了不起的指挥家。薛委员终于忍不住与小程校长换了座位,坐到柳老师的旁边,他们本来就是情侣啊!薛委员与柳老师青梅竹马,可是柳老师年轻的时

46

候一时糊涂，嫁给了市里的一位同事，现在，她的老公常年不回家，薛委员的老婆也跟着儿子去外地陪读，两家人，住在一个楼洞里，邻墙隔壁，程校长开玩笑，说他小时候学过泥瓦匠，要不明天就去帮他们在间墙上开一个藏起来的月亮门，这样，就不用薛委员去崂山学穿墙术，晚上悄悄钻到柳老师家就行，听得柳老师又是脸红，又是掐小程校长的手背。马教授，马教授酒也喝多啦，他圆胖的脸变成了酱红色，回忆起他白天骑着单车，由澴河堤到河口桥向西，又沿着女儿港边的公路向北，直到胜利桥往东过澴河，由河堤折向南，他觉得论这一条环路的油菜花，还是作家同学村里最好看，果然是"有才华"唉，可他停留最长的地方，不是陆山渡槽么？胜利桥外的那一片水杉林，你小学五年级，第一次春游，骑着自行车，那时候，长得又白又细，豆芽似的，你车后座上驮着你心仪的女同桌，穿着红色的上衣，单衫杏子红，双鬟鸦雏色，你不是将人家扑通摔到泥坑里去了么？她现在，在哪里，生二胎了吗？马教授把玩着酒杯，盯着手腕上油光水滑的沙和尚往脖子上套的那种骷髅头菩提子，在娇嗔的柳老师旁边发呆。

但"梦之蓝"引出来的故事，最吸引人的，还是瞎子云堂的吧！云堂吃完薛委员夹在面前碗里的菜，抽薛委员点好的黄鹤楼烟，讲起他的爱情故事的时候，对面的柳老师已经悄悄地备好了纸巾——她已经听过好几次，每次听到，她还是会哭。"我从小就是一个瞎子，生下来的时候，睁不开眼睛，接生婆将我的眼睛扒得流鲜血。八三年，我十三岁，我对我父亲说，给我买一个收音机，长江牌的，十六块钱。父亲舍不得，我说妹妹读书到五年级，也花了一二十块钱，您就当我读了书的。母亲也在屋里哭。父亲将收音机买回来，圆头圆脑，像个小冬瓜，放在我枕头旁边，代替之前挂在木壁上的公社喇叭。我听严凤英唱黄梅戏，《天仙配》，又听路遥的《人生》，高加林跟刘巧珍。八四年我出了师，拉着二胡去算命，坐渡船过澴河。那时候澴河上还没有桥，河对面有一个张长塆，有一个姑娘叫程翠林，她要跟我学二胡，让我叫她干姐姐，其实她也就比我大月份！她跟我讲：'你教我二胡，将我手捉好！'我摸着她的手，柔柔的像小香葱，抖得厉害，就晓得她喜欢我。我教她拉《霍元甲》里的歌，'昏睡百年'，我十四岁，体会到男女之间有快乐，人要过一生，就要有一个懂你的女人。很多次，她都是在河边草林里偷偷地跟我学拉二胡，《江河水》《二泉映月》《梁祝》《龙船》

《寒春风曲》《听松》《赛马》，我也是刚学，教不出什么名堂，她不在意，后来比我学得快，她明路人，看得见嘛！大清早，太阳升好高，将我们全身烘得滚热，她才抽身出来，脸上火烫，匆匆忙忙去上学，能赶上第二节课就不错了！半年后她初中毕业，不上学了，我叫我父亲去托媒人提亲，父亲不干，我不吃饭，父亲没得办法，托媒人去了，结果程翠林的父亲跺脚骂，不行，要是翠林嫁一个瞎子，我就跳河。结果他没跳河，翠林跳了河，寒冬腊月，澴河边的水洼里还有凌冰啊，我的乖乖，她肚子里有我的儿，三个月，马上就要出怀。她长得几好，我摸过她的脸，她的身体，她的骨头，像瓷器，像面粉，像木梓树一样挺拔，她身上的气味跟春夏的草林一样，芬芳湿热，说不出的好闻。我由八五年开始算命，三十年，都没遇到一个人的命，比翠林姐姐更苦，早知道，我就不坐船，不过澴河，不去张长垸，不教她拉二胡，不去摸她的手。人昏睡百年几好，醒了几痛苦。你眼睛都睁不开，还想去搞女人。不瞒你们说，我每年都去胜利桥底下，给翠林烧纸，给我那没见过世面的孩子烧纸。我师父讲，不算一万个命还债，下辈子还会做瞎子，等我将债还清，我就去陪他们娘俩。"谁敢问云堂你现在算命，算到了第几千几百几十几个呢？柳老师擦着眼中的泪，用完自己的纸巾，又用薛委员的。好像由濉河里传来的层层深寒，也让桌边的客人们稍稍摆脱了"梦之蓝"的蛊惑与黑驴黑羊肉的躁动，都过去了，往事如烟，不堪回首，瞎子哥你现在一年挣上百万，天天在馆子里请客吃饭，是翠林没福气享受。走！酒将我们的心浇得痒痒的，耳朵也痒，听夏先生唱道情去！

"实指望我们配夫妻天长地久，哥哎，未想到狠心人要将我抛丢。你好比那顺风的船扯篷就走，我比那波浪中无舵之舟；你好比春三月发青的杨柳，我比那路旁的草，我哪有日子出头；你好比那屋檐的水不得长久，天未晴路未干水就断流。哥去后奴好比风筝失手，哥去后妹妹好比雁落在孤舟，哥去后奴好比贵妃醉酒，哥去后妹妹好比望月犀牛，哥要学韩湘子常把妻度，且莫学那陈世美不认香莲女流，哥要学松柏木四季长久，切莫学荒地草有春无秋，哥要学红灯笼照前照后，切莫学蜡烛心点不到头……"

没福气的,岂止是四川姑娘,西西里姑娘,伍子胥,翠林,这个蔡鸣凤，不也是这样吗？男人女人无舵之舟在情海里沉浮，唉！夏先生坐在他小区一楼由车库改成的工作间里，在明黄的电灯光里拉《小辞店》，用他破锣败鼓一般沙哑的声音，唱他自己最爱的小调，紧闭的双眼里，古泉一般流出一脸的泪，听的人，热泪滚滚的，又岂止是薛委员、柳老师、程校长、老马？他与她，由外面的世界回来，像两粒麦子掉进家乡的谷仓，掉进这亘古的悲情里，他回握着她的手，觉得她在微微发抖，"冷吗？"她摇摇头，坐在红色的塑料方凳上。

"走过那个大塝去看我的郎。"

"你拿么礼？"

"我郎得了相思病。"

"天呐。"

"什么样的好药诊不得我郎病。"

"那你郎是死。"

"我郎是死我也是亡。"

"那你怎么舍得女？"

"舍得那个儿女舍不得我的郎。"

"那你好没得良心啊！"

"不是我的心思狠，没有我的郎唉，哪来的儿和女。"

他与她是在这一首自问自答的"道情"里离开夏先生的车库的，细密夜雨里，灯光照亮的车库好像一只船，铁钩船长的海盗船，薛委员柳老师他们还在甲板上听，眼睛里放出亮光。喝下去三两酒的夏先生正是来神的时候，破嗓子一会儿扮人家少妇，一会儿又扮老婆婆反省设问，切换自如，手中二胡抹挑勾翻，随心所欲，在过去三十年里，它大概就是翠林的一个化身委身在他怀里。

回程的路，他与她没有原路返回，而是受老马骑行油菜花田的启发，穿过小镇继续向前，由县级公路跨过女儿港何砦桥，向东过瀿河的胜利桥。他开得比白天要快，打起车大灯，灯柱在柏油路两边的白杨树上晃动，起落的射线，指挥无穷尽合抱的白杨树，沐风栉雨，像一首无穷尽交响变幻的夜曲欢迎着两个人。找不到路也没关系，将百度导航打开，很快，手机里的女声就提醒，胜利桥到了。将车开过胜利桥后，她要他将车停在路边，两个人由车上下来，车就亮着大灯照着路边河滩上的小草原，灯柱里，一片一片的车轴草正在开花,如同梦境。他对她说:"车轴草的白花好看的,精美得就像钟表的齿轮,下次我用它们给你编花环,或者,我可以用它们造一个巨大的钟表?"她点头说好。由路边下坡的时候,他们差点撞到一头枫杨树影里正在吃草的黄牛身上,幸亏她眼力好,一把拉住了他。一座三四十年历史的水泥桥,明显是上世纪80年代苏联的风格,澴河在夜色细雨中自北往南流。他跟她打开手机上的电筒,去照流水与桥洞,流水打着深漩,不急,也不缓,桥洞是由大别山里取出来的麻石一层层垒成的,淹没在荒草与蛛丝里,平日其实很少有人会下来。这样的桥洞,自然是麻雀搭窠的好地方,他们下意识地往石面上看的时候,不由地叫出了声。在离地五六尺的石面上,密密麻麻地插着竹签,它们组成一个圆,形状像一面小小的簸箕。"这是瞎子算命用的签,是夏先生插上去的吧。"他对她说。映照在手机的灯光里,站在荒草丛中的她,真好看。他一定是每年来烧纸的时候,摸索着烧完黄表纸给翠林,之后就会往石壁上插竹签,他会一边哭,一边将他摸索成深紫色的签片用力插进石缝里,而且尽可能地去插出一个圆?澴河水涨涨落落,夏天会淹掉这个桥洞,他能维护好这个圆,不容易的。"我数的是九三。"他说。她数出来的,是九四，要比他多出一根。"我觉得，他大概是在计数，如果云堂算完一百个命，就会由胜利桥上走下来烧一次纸，插入一根签的话，他离一万个命，离他的翠林姐姐，其实已经不太远了。"

他们带着瞎子云堂的秘密回到车上，折转向南，风驰电掣，由澴河堤向下午他们出发的村庄奔去。大概是十点多钟的样子，他们在几声漫不经心的狗吠里打开了老家的木门，拉开灯，收拾灰堆里的屋子。他说："你看我们花了这么多年回到家乡，绕一个多么大的圈子。"她说："回到机场，也是一个圈子。在镇上吃饭的时候，我坐在你旁边，一直在想，晚上要不要回机场去，过去的那么多年，我觉得机场更像是家。昨天晚上我在慕尼黑机场转机，航班更改了计划，我又不愿去城里住旅店，一个人在机场里闲逛到深夜。我从玻璃幕墙往外看，上百架飞机就像夏先生的竹签一样，一圈圈摆放在停机坪上，清晰如梦。也许爱并不是要向前，而是归来。现在我改变了主意，我不应该在美好的时刻逃走，世界是没有尽头的，我不要恐惧黑暗，我们寻找缝隙，最后还是需要让故事闭合起来。"

她这样说的时候，窗外他们的村庄里夜雨打湿着油菜花与萝卜花,紫云英花田,梨花与桃花,小麦与稻苗在拔节,草木在舒展出新叶芽,群星密云之下,植物成长转变的声音,是听得到的。她正赤裸着身体站在房间中央的澡盆里洗澡。他跟她说这是小时候,他洗澡用过的桑木澡盆,有一次,他光着身体站在里面洗,不听话,爷爷用毛巾抽打他,一身的血痕纵横,他咬着牙,也不哭。经过这么多年,它还不漏水,真是一个奇迹,那时候的桐油跟国漆真是好。洗澡水呢?水是他由小天井里用压水井打上来,黄师傅们打出来的深水井,将云梦水由平原的深腹抽取上来,用电水壶烧热。他趁着明黄的灯光,将热水一瓢一瓢浇到她瓷器一般的身体上,她的身体妖娆,变幻,有着春夏之交草林潮湿的气息。

"这算不上一个玦。这是一个冕。"她闭上眼睛,摸索着木澡盆黑褐色的边沿,"像羊水一样温暖,我比跳进女儿港与澴河里的女人们运气好,我感觉自己就要被它重新生出来,与你一起生出来,我们可能会变成孪生的姐弟。"

安　定

周李立

周李立 著有小说集《安放之年》《黑熊怪》《丹青手》《八道门》《透视》《欢喜腾》，长篇小说《所有与唯一》等。现为作家出版社编辑。

他知道现在世上什么事都没个准儿，比如那位宜家送货员，两小时前就已宣告出发，眼下仍因为临时交通管制措施困在高速上。而导航仪认为，送货员一个半小时前就已到达目的地，所以为其贴心推荐了终点附近停车场三个。

"奶奶的，三个停车场？有什么用？还不是堵得老子尿都憋不住了……"电话中，送货员按着喇叭，比他脾气还大。

他把手机从耳边挪开，还听得到送货员的唐山普通话呲呲啦啦从手心传来，像频率错位的广播。过了会儿，他才将手机贴耳边听。那边死寂。他说了句，"好的，再见。"然后那边立刻说了些什么。他迅速挂断，没听，免得生气。

怒气会伤心伤神，长远看，伤的是命运，因为，性格决定命运——人们喜欢这么说。一年前，那个留希特勒式小胡须的医生，用大段医学术语向他演绎这句话。听过医生"深入"又"深出"的讲解，他虽一知半解，也频频点头——毕竟，他的妻子佳佳，那时已经"进去"了。

小胡须医生是佳佳的主治医师，比他更有权决定她的一切，比如她什么时间该吃哪种颜色的药片。五颜六色的小药片，都按剂量分装于透明塑料小盒。佳佳现在就在餐桌前，摆弄那些塑料小盒。她可能想让它们摆成某种图形，但总是不成功。她撅着嘴，不时挠头，对自己不满意，而后，她干脆把盖子都打开，把药片倒在桌上。

他想，该怎么区分混在一起的药片？真复杂。

他走到窗边，两手插进裤兜，看窗外。道路上的汽车尾灯，连缀成一根根血管般的红线。

和其他医院不同，进了安定医院的病人，人们都说是"进去"了。不明所以听来，会以为是进监狱或看守所。佳佳"进去"了。他有义务向他们共同的朋友解释："进去了。情况还好，比较乐观。她，她状态也不错，在好转。"

这样说时，他都在想，为什么非得他去安慰那些毫无干系的旁人呢？明明他更像是需要安慰的那一个啊。不过，他花了三个月就度过了那个阶段——事情总是按阶段发展的：刚开始，你问天问地，参不破命运的安排；逐渐便适应，或麻木，逆来顺受，或弃之不顾。佳佳出事三个月、"进去"之后，他进入这后一阶段——他本以为这段时期会更漫长，比如三五年。

此后，他多数时间都抱着无可奈何的心情，送佳佳去治疗，拎回大袋药品，有中药有西药也有中西药结合的。去佳佳工作的杂志社交涉、为医疗费拍桌子——完全不是他平时宽和待人的作派。他跟杂志社社长拍了两次桌子，第一次争取到报销百分之六十医药费的权利，第二次让佳佳免于被开除。她太久没上班，杂志社正在起草开除她的文件——起草文件这种事，在杂志社总会花更多时间，尽管那里每个人，貌似都能写会算。

如今一切过去，佳佳"出来"了。没人把从安定医院出院说成"出来"，但他认为既然住院是"进去"，出院自然得隐晦些说成"出来"。

"进去"和"出来"，都经由那扇壁垒森严的医院大门。门内外游荡着的保安人员，脸上都是一种似笑非笑的表情，似乎他们始终在用这表情私下交流某个秘密——"看啊，这个男人又来了。"他无法让自己相信保安们不会这样想。他们穿深蓝色长棉衣，腰部右后方，挂着通红的、手电筒一样的东西。他猜是电棍，但没证实过。

他总是急匆匆来，急匆匆离开。一年间，他在访客登记处无数次签下名字，并学会让面部表情僵硬——他发现这里的医护人员都喜欢观察他人表情。大概因为这里的病人，表情总比正常人丰富。某些病人看上去尤为天真，都近乎可爱了。佳佳的表情，"进去"初期是紧张，后期转为困倦——药物作用是降低神经活跃程度，以便让病人精神状况稳定。

佳佳这次的"出来"，在小胡须医生口中，是另一个医学名词。在他理解中，就是"观察期"：医学上说，佳佳已经痊愈，只是还需让佳佳离开封闭的医院，回归到之前的家庭或社会环境中生活，试一试——生活，这是佳佳需要试一试的，仿佛她从未生活过一样。

佳佳回家后一度很安静，这不像她。她可能确实在适应。他偶尔会意识不到她已经回来了。如果他去牵她的手，她也会从沙发上慢慢站起来，任他带领着，走到餐桌前，并听从他的建议，缓缓坐上椅子，然后继续发呆。她身后的墙上，有幅夏加尔的画，画中虚胖的女人微闭双眼，飘浮在通体红色的房间里。佳佳从前喜欢这幅画，但现在他发现，这幅画挂在客厅很不合适，画中的女人没着没落，就那么飘着。

佳佳坐着的时候，宛如一棵植物——静止，但并不意味着停止生长。事实是，她胖了二十斤，生长速度可观。

"我们什么时候吃饭?"一坐上餐桌,佳佳就问他。

他在想要不要把她带回沙发。她身上是深蓝色法兰绒的开衫睡衣,拉链拉到下巴,露出一张苍白浮肿的脸,嘴也是苍白的。药物让她浮肿,也让她易饿。

"现在四点多,还不到时间。"他看了一眼手机,确认没有漏接电话。

"可是,我饿了。"佳佳盯着手心一把药片。他怀疑她想把它们都吞下去。但没有。她只是随即握紧了拳头,肿胀的手指团起来,宛如发泡过头的花卷。"花卷"正轻轻捶打桌面。

"很快了,再等等。"他犹豫着要不要立刻去收拾那堆药片。他不想做这件事。

既然是"试一试",也许佳佳还会"进去",家里还将恢复他独自一人的状态——过了会儿,他勉强开始清理那些药片和小盒子的时候,这样想。

她因为一次动怒"进去"了,"出来"之后似乎也没完全正常,但不能因此否认治疗的效果。他不时抬头看佳佳,自我宽慰。

佳佳坐在他对面,也不时看他。他怀疑她并不能理解他正在做的事——把满桌散落的药片按颜色分类，按剂量重新装进塑料小盒。她也流露出想动手帮忙的意图，也许在她看来，这项工作有种足够简单的乐趣，安定医院会让病人做些重复的简单的小把戏，比如填色游戏，或者夹豌豆比赛，都能消磨时间。

但这会儿他没让她插手，他想待会儿这些小盒子应该被藏到书柜最顶层，免得让她找到。她从来不会动书柜里的任何东西。她现在只会帮倒忙，尽管他们名义上仍是齐心协力生活着的夫妻，应该共同处理许多事，清扫、做饭，还有购物。

他现在认为，人的一生不过是花很长时间来证明，你根本就是独自一人。而婚姻，是有助你迅速完成这种领悟的过程，不是么，两人一起生活的本质，其实仍是你在独自应对所有的一切。

其实佳佳"进去"这一年，他过得不算糟糕。唯一糟糕的，是有一次他采访一位作家。

他在电视台做编导，已经做到可以签合同的阶段——如果你了解电视台体制，就会知道那意味着先战战兢兢干上七八年，再得到一张证明身份的纸，也因此，你就"把自己套死了",他这样自嘲。那次采访,他按惯例让那位写过千万字作品的作家,在长椅上做出雕像大卫式的沉思姿势。既然你想人们在你的作品中读出悲伤,为什么不在镜头里表现得更忧郁些呢?这合乎情理,更合乎电视纪录片的要求。他让作家手握一本新书,名为《虚伪及其所创造的》。可能这书名对他也是一种激怒,因为这几乎概括了他三十三岁之后的全部生活,虚伪及其所创造的。作家并不配合他,还引用自己新书中的话反驳:"这种虚假的表演其实与生活本质并无区别,也从无必要。"

于是他没能顺利完成当天的拍摄,或许不完全因为采访对象不配合。他只是不愿跟作家争论。争论是那位身高一米九的作家的强项。当然电视台编导都喜欢强词夺理,他曾经也是,言谈中总有无往不胜的味道。但现在他赌气不开口。如果你不配合,好吧,那我们就这样凑合,也行,差不到哪里去。只是过后很久,他都对那烦人的作家还有其讨论虚伪的作品耿耿于怀。

佳佳从医院"出来",已经半个月。现在,她基本能跟他正常交谈。她对家中布局也重新熟悉起来,因为一周前,她说他们需要一架婴儿床——他们卧室大床旁边,刚好可以摆上一架婴儿床。

他知道那是为着什么准备的。他说好的,没问题,我们就去弄一架婴儿床。他对他们卧室的布局很满意,大床和窗户之间,靠墙摆有大书架,正对书架有张棕色单座沙发。这是他阅读的地方。他喜欢坐在沙发里,把双脚搁在宽阔的飘窗上。如果放上一架婴儿床,这个小小的阅读角落就彻底不存在了。

之后他没忘记这事,只是不再提。该死的婴儿床。他暗自希望佳佳那要么空白要么发疯的脑袋里,将不再出现"婴儿床"三个字。

他对婴儿床的无动于衷,可能还是激怒了她。"孩子难道不配有自己的床吗?"几天后,她说。

"我不配拥有一个看书的地方吗?"他说。

"你可以在任何地方看书,但孩子只能在床上睡觉。"她有力反驳,逻辑十分清楚。

"不着急,我答应你,我们会有婴儿床的。"他撒谎了。他希望随着时间流逝,她将意识到婴儿床根本就不是她需要的东西。

"不要!不要等。"她大张着嘴,像要说什么又说不出来,但她的胸脯起伏得很厉害，像咽不下去某种坚硬的食物——这是她着急起来的样子，他熟悉。

那口气，她咽不下去——哪怕安定医院的治疗目标便是化解和平息她的怒气。

她平静下来，才说，那是治疗方案的一部分。

婴儿床如何成为治疗的一部分？但这是不错的预示，至少她知道自己在接受治疗，并积极配合。她可能还知道，只要与治疗方案有关，他就无权拒绝。他又不是医生，他只是病人家属——这是个看似负有责任实际上却无可奈何的身份。

"因为我需要与自己各种奇怪的想法和解，暂时和解。"她没说错。但他并不理解，怎么和解？和解意味着，既然她认为自己有个孩子，那他不如就纵容她，任她去这样想？这是什么愚蠢的治疗方案？

佳佳"出来"时，作为病人家属，他被告知，应像佳佳发疯前一样对待她，交谈时平心静气，表情要沉着而柔和，最好保持住不慌不忙的生活节奏。他自认能做到前两项。他能控制面部神色。在这个国家，活到他这个年龄的人，都擅长于此。只生活节奏一项，让他难办。因为他在电视台工作，生活从来在非常的节奏里,他没法在外出拍摄时确保佳佳按时吃上一天五餐;也因为,如今世上什么事情都没个准儿,任谁,也无法让节奏恒定不乱。比如,他终于去了趟宜家,订购了一架原木色婴儿床,之后,送货员也无法按既定节奏将床送到他家。他去宜家,缘由是他以为既然已经勉力撑过了一整年,为什么要在婴儿床这个小细节上功亏一篑?结果他这天还不是得费力向佳佳解释,"很快就到了,送货员在路上出了点状况。"佳佳不说话,手上摆弄出一些没有意义的手势。她可能并不相信他说的话。

他还得重新安排自己的时间——这天他推掉三个采访任务,一直呆在家里,只为等那架床。它在宜家宽阔明亮的展厅里时,看上去还不错,小巧、坚固,搭配白底粉红小圆点的床品三件套。床四周有一尺高的围栏,像乡下养鸡的木笼,方方正正,笨拙却可靠,是一架毫无特色、却因为没特色而显得格外温馨的床,七八岁大的孩子都可以用——但那也比不上他的单座沙发。

"我不是要催你。"总算整理好那些药片后,他又给送货员打电话。"你催我也没用。"送货员说了事实，事实听上去总是不入耳。"我只是想知道，大概什么时候能到？"他也许还想说点别的。

"我也想知道！"送货员始终在怨恨的情绪中。他认为送货员应该抽支烟，平静情绪，像所有成年人那样。这对他们都有好处。

"好吧，那么，好吧。主要是我组装也需要时间。"他更像在解释自己为什么要打这个电话。他打电话的时候一直不自觉地走来走去，越走越觉得这房子变小了，小到根本放不下一架婴儿床。

"对，我们不负责、不负责组装。"送货员似乎对这位终于知趣的顾客总算感到些微满意。

"我知道。"他踢倒了什么东西，是佳佳的"玩具"——一些拼图，装在纸盒里。这种纸盒在房间里有三个。她的医生认为这些小碎片有助于她心情平静和培养耐心。但佳佳还是没有耐心对付它们。

"还有，你别三分钟打一个电话催我了。你该干嘛先干嘛去。"送货员说。电话中断。他想这个送货员和佳佳一样，需要培养耐心。

他该干什么去？下午他本该组装一架婴儿床，这大约需要一小时时间。但没有一个孩子会睡在上面，从来没有过——他和佳佳一开始就对此达成共识。十年前，他们结婚，在那个暴雨的夜晚进行过温情而理性的长谈，关于孩子、房子、车子，以及双方均认同的，合理的自由、独立的事业。他们都赞同他们的生活将迥异于普通家庭，他们需要的东西与旁人绝不相同，因为艺术占据他们的心灵。佳佳的专业是声乐——"一个不切实际的专业"，刚认识佳佳的时候，他告诉她。但佳佳不在乎，她说："这不过暴露出我性格里任性的一面。"作为独生女，她习惯被娇宠，任性在她看来是一个优点，因为那意味着"成为你自己"，佳佳说。何况他的大学专业也同样不切实际，是导演。

佳佳结婚时还没去杂志社工作，她当时正谋求进入一家国营歌舞剧院。她不在乎那家剧院已经奄奄一息的状况。她怀抱理想，要成为声乐艺术家。佳佳事实上考入过那家歌舞剧院，但随之而来的，是剧院"转企"，以及"转企"之后低水准的演出、惨淡的票房、入不敷出的经营。

梦想渐行渐远，甚至背道而驰。佳佳认为，这是自己不得不以退为进的时刻。她离开了歌舞剧院争吵不休的艺术家们,因为"那些人总是用假嗓说话",这令她无法忍受,她必须离开。关于音乐,准确说是声乐,她说自己"生不逢时、怀才不遇","我当初为什么没学个更实用的东西,比如法律或者建筑。但我只会唱歌,其他都不会。"他不得不安慰她,他的理由是如果她想"成为自己",当然不能只考虑实用的问题,他当然理解她,因为当时他也面临梦想的失落——当电视编导没有让他离导演之梦更进一步。电视编导工作繁忙,时间都不由自己决定,这可能让她感到被他忽略了。总之,并非平凡的他们,也不得不面临平凡的生活,这种沮丧对他们都造成了一些伤害。

其他还好,他们过了这些年,他做出了一些成绩,折腾了几个叫好的电视片。他认为最大的伤害、他无法接受的唯一一点,是佳佳后来为之癫狂的那个男人,并不是一个音乐家,而是一个——说相声的。

如果那人是音乐家,也许他会好过一些,可能也不会,毕竟这样的事情你没法假设。

关于这个说相声的人,没有人对其真正陌生,因为他频繁出现在卫视频道以及一些喧闹的综艺节目里,厚重的皮肤,脸泛红光,发际线成 V 形,他在所有表演中都把自己塑造为一个智慧的、善于吃亏、懂得人生哲理的弥勒佛。

他并不轻视相声表演艺术家,但那不该是走进过佳佳的生命还对她产生巨大影响的人。那些口舌之功、雕虫小计、装疯卖傻甚至低俗下流的人身攻击——这些部分令人厌恶,让他绝望。

说相声的人,是佳佳的采访对象。

佳佳离开歌舞剧院后去了杂志社做记者。杂志是月刊,采编合一,她也是编辑,发行压力并不太大,因为各省行业协会都承销一部分。

如果佳佳不去夜总会弹钢琴或唱民族歌曲,她就只能去一家与音乐无关的行业杂志社。佳佳去杂志社的工作是他联系的,为此他疏通了一些环节。他现在正为此自食苦果。杂志社是事业单位,隶属于一个不那么起眼的正部级单位,在北京城五环外拥有一栋"黑作坊"一般的灰色小楼——那类未经认真对待就建筑起来的水泥外墙的小楼。

起初,她表现不错。杂志社需要一位这样的员工,随时可以唱歌,还不惧一切场合,就算她的即兴表演只是被当作宴会调味品,她也从不认为受到侮辱或轻视。她还能独立负责一个栏目:名人访谈。

佳佳曾认为,这栏目其实可有可无。因为"无论从哪方面看,登上名人访谈栏目的娱乐明星们,和其他栏目中那些国防科工等等话题,都无法做到浑然天成"。佳佳说。但她坚持做了下来,因为她并不懂国防科工。

杂志社社长并不如看上去那般慈眉善目。社长高学历,从党政岗位上退居二线接手一家该行业顶尖的杂志社。社长保持着从政时的习惯,喜欢先肯定下属的工作成绩,再委婉吐出若干个"但是"。

"但是,但是我们随时欢迎佳佳回来,只要医生说她精神上完全没有问题。"社长对刚拍过桌子的他保持了礼节。这是成大事者必要的风度。

社长也没忘了提前澄清,"我们很痛心,这不是我们想看到的局面,这跟杂志社其实没有关系。我们每个记者都采访,不排除有记者对采访对象倾心的事。这很正常。但是,闹成佳佳这样,进了医院,这是没有过的。但是,但是我们也愿意出于人道,保住佳佳的工作岗位,只是,治疗期间她的工资停发,这个,我想你也会理解的,我们单位的生存环境,也很难。"社长说。听来无懈可击。

而他的方式,简单粗暴,像缺少耐心的儿童多动症患者。他直接闯进杂志社社长的独立办公室,接连拍响那张三米长的红色柚木办公桌,拍得手掌很痛。更痛的是,这种方式让他轻视自己,胜之不武。

他知道其实他大可不必做这些。如果他对佳佳弃之不顾,也不会承担任何道德舆论压力,毕竟佳佳背叛在先。

佳佳去了卧室,又出来,把那东西抱出来,给他看,说,"好像发烧了。"佳佳如今不再修饰发型和眉毛,也不照镜子,曾经这都是她最喜欢的事。她天生毛发浓密,蓬勃生长的眉毛,让她看起来有种异域风采——至于那个异域是印度或波西米亚,他也不确定。

他猜测佳佳怀中那个"孩童",应该一岁半了,是否也应当生有形似母亲的、略卷曲的黑头发?

事实上,那只是一捆面条——两公斤装精制小麦粉手打挂面、纯白塑料纸包装,顶端有圆形商标,"金麦郎"三个字围绕着看不出是什么的圆形图案。更早的时候,那是一包两公斤重的面粉——免发蛋糕粉、粉蓝色纸袋包装,有粉红丝带图形环绕于纸袋四侧,品牌未知。一袋品牌未知的蛋糕粉,最终被他遗忘在安定医院——它本来就出自安定医院那间只会做小米粥与白味花卷的食堂。佳佳为此伤心了一阵,因为那是她的"莎丽"。如果这面粉/面条,名叫"莎丽",那应该是名女婴,有着和佳佳一样浓密的毛发及雪白的肤色——面粉或面条,也确实都是雪白的。

"你杀了'莎丽'!"佳佳说,用她在演唱时才会亮出的女高音。

"我只是走的时候忘了带上她,我会去把她找回来,我保证。"他讨厌自己这样跟佳佳说话,每个字都是虚伪的,是虚伪及其所创造的一切。

"如果你的妻子是女高音歌唱家,你最好不要跟她吵架。"他从前把这当成玩笑,说给他们共同的朋友们听。但佳佳说话的声音从前是极温存的,几乎要化掉他——这玩笑因此对比才得以成立。那个佳佳哪里去了?

当佳佳终于亮出久未使用的高音、假嗓的时候,他意识到一切都在滑落或逝去,或许早就逝去了。

那个"莎丽",他祈祷,会被兑上鸡蛋清、做成小花卷,或者干脆因为过期被扔进垃圾桶。

但他不得不为佳佳找个新的"莎丽"。如果他不这样做，他就得继续聆听她的花腔女高音。他宁愿她闭嘴，做一棵安静生长的植物就好。

他最终找到了这包"金麦郎"面条，至少它们拥有相同的重量，以及相同的本质——都是面食，都没有生命，不会哭闹，没有烦恼。

佳佳疑惑了几天，才接受了新的"莎丽"。她开始给面条讲故事，抚摸它，假装自己是某种动物，猫或者兔子，以便逗面条发笑。

"没有，她没有发烧。"他说。他觉得自己成天都忙于否定她说的一切，像个不近人情的家长。

"你摸一下，她真的发烧了。"佳佳拉他的手，放在"金麦郎"的圆形图案上。他没什么感觉，但仍让手在面条上停了一会儿才抽回。他假装在思考。他不明白应该怎么做。如果一个一岁半的女婴发烧，他应该做什么？他不是"莎丽"的父亲，如果"莎丽"有一天需要输血，他也不必挽起袖子。但他是"莎丽"母亲的丈夫，他依然对"莎丽"负有责任。

他去厨房倒了一杯水，自己喝了一口。他进厨房也许只是为暂时躲开她，喘口气。他两周没有外出，号称在家准备一部电视片的策划方案和脚本，但制片人来了几次电话，每次都冲他发脾气，因为他不能不工作。他已经决定明天就去电视台上班，所以今天必须搞定那架婴儿床。

他给佳佳也倒了一杯水，他希望她能安定些，像在医院时那样，给"莎丽"唱英文的摇篮曲，那倒是很好听。

"我不要喝水，我想吃饭。"佳佳把水杯还给他，他又塞到她手里，并告诉她，他这就去做饭。

他怀疑自己并没有重新适应两个人的家。佳佳如今是"房子里的大象"——那些明明存在却被视而不见的东西。房子里总是有大象存在，因为人们擅长对很多东西视而不见，以维持生活表层的优美——不只英美国家的人如此。

他更像结了两次婚，跟两个不同的佳佳。他一个人可以用啤酒和炒饭打发一餐，但现在不行，为两人准备一餐，是项复杂的任务。他一度找过专门做饭的小时工，但不顺利。佳佳对陌生的小时工在厨房弄出的动静反应过度。"她要呛死'莎丽'，那些烟，会呛死'莎丽'。"佳佳抱着面条说。

面条两公斤重，被粉红小毛毯裹着，露出小小一截圆头，看上去很像个婴儿，不，像个不会哭闹的痴呆儿。佳佳不断拍着毛毯。

"'莎丽'会哭的，如果真的被油烟呛到，她会哭的。"他告诉佳佳。只是炒菜而已，没什么。

"'莎丽'太勇敢，她知道我在生病，她为了让我好好养病，她从不哭从不闹。"佳佳振振有词，眼神中是为人母的慈悲光芒。这光芒中有他不熟悉的东西，属于另一个佳佳。另一个佳佳在相声演员的床上，皮肤自带金属光泽。他们欢愉的细节，他从不想知道，那令人恶心。但"莎丽"却无时无刻不在提醒他去想那些细节——"莎丽"如何诞生以及如何进入他的家？

"行了，佳佳，我让她别炒菜了，行吗？"他说。那次，他只好让小时工提前离开，还不得不支付她全部工钱。小时工正好不满意这房子里竟然有个不正常的女主人，于是鞋套都没来得及脱下，就忙不迭地逃了。

"先生，谢谢，你，很不容易。"站在家门口，小时工对他说。他苦笑，心想一切都是他自找的。

他出生那天，瑞典天文学家在宇宙中发现了某颗小行星，这惊动世人的发现让他的父母以为儿子终将与众不同。他的名字和那颗小行星一样，小行星的名字也与瑞典天文学家一样。他带着一颗星球的名字长大，被父母灌输着一种"生来就是不平凡的人"的意识。"你的光芒让人们发现了你。"父亲说。他确实不平凡，学业始终出类拔萃，人品纯良，被认为"有主见"，但跟所有人都能相处得不错。在如愿成为一名电视编导后，父母依然会在电视片片尾出现他名字的时候，提起那颗星球。"这是奇迹，我们的孩子与星球同一个名字。"他们忘记是他们自己给儿子取的名字，却以为是神赐。

他又进了厨房，准备找些能吃的东西。他先看见中午用过的碗盘，仍七倒八歪躺在洗碗池。他几乎立刻就想走开，食物残渣和冷掉的油脂，眼前这画面，在电视片里可以用来做空镜头，暗示主人公凌乱潦倒的生活，他想。

他还得做饭，还得填饱佳佳的肚子。冰箱里似乎没有东西是他想吃的，于是他决定先开始洗碗。比起做饭，他更讨厌洗碗。他用了太多洗涤剂，瞬间就在水池里弄出了过多的泡沫。他也不擦洗，直接开水龙头，让水池灌满水，再把餐具捞出来，就这样完工——他不知道自己做的这些是对是错，但他已经这样做了，至少餐具现在看上去都很干净。

他手上满是泡沫的时候，送货员打来电话。他接电话前没擦干手，手机触屏沾了水，反应不佳，明明按"接通"，却成了"挂断"。

他烦躁地擦手，再回电话，想着送货员一定以为他故意挂断电话，并因此暴跳如雷。

只要一打电话，他就止不住要走来走去，可能因为不安。他又回到了客厅窗前，看窗外暮色已落下，灰色天空像被谁刷上了一些黑色的东西。他看着那些暗沉的部分。

但送货员这次没发怒，"先生，我很抱歉，天都快黑了，我还没到，你知道，这交通总是这么操蛋。"

"我能理解。"他说，仍盯着半空中那些不知为何物的暗沉之处。有可能与他同名的星球，就藏在那些黑暗里。真实的他，也许根本也在太空——反正他对这个一天中跟宜家脾气不好的送货员通话六次的男人，彻底不认同。

"那么，能不能请您先确认收货？你理解，我也没办法。"送货员一度趾高气昂的语气弱下去，近乎祈求了。送货员为什么要祈求他？

"我为什么要提前确认收货？"他说，并感到失望。他以为这个不客气的送货员有种无所畏惧的骄傲，虽然很讨厌，但值得尊敬。但送货员此刻却在祈求自己。

"因为我会被扣奖金，"送货员说，"不能按时送到，不管什么原因，都扣钱。人家才不管你是不是被交通管制了，那些人只会扣钱，奶奶的，不，不，先生，我不是骂您。您能不能给客服打个电话，告诉他们，我已经到了。"

"这样？不合适吧？"他其实已经决定答应这件事了，一点也不复杂，可以理解。但为什么？为什么这个世界总是要求他做出原谅？也总是他，而不是其他任何人，在原谅这一切？

他口干舌燥地想，该怎么不失体面地让送货员知道自己很不爽。他扭头在身边找水喝，他记得自己刚刚倒过一杯水的。这时他看见了佳佳，她胳臂弯里是粉红色小毛毯，毛毯里，是"莎丽"。他看见，她正把玻璃杯中的水，一点点淋在"莎丽"的头上。她仍撅着嘴，朝"莎丽"呼呼吹气。

"我的天啊！"他闭了下眼——这是本能反应，他想。他握着手机，快步走过去，另一只手一把夺过玻璃杯。他还朝佳佳瞪了眼，希望她能理解这是他在表示"我不许你这么做"。

但佳佳只是不解地抬头看他。他就知道，都是徒劳的。无论从前还是现在、无论他以耐心或武断的方式对她，都是徒劳的。因为佳佳已经把很多的脏水，淋在了他头上。而他，还没释怀。

"什么？"送货员问。

"不，我不是说你。"他还得冲手机解释。

"先生，你别说我的天啊，我从早上到现在都没吃饭。上午送了两户，中午赶回仓库取货，然后又出发。现在我饿瘪了，我还得被扣奖金，我还困在路上，一个钟头只开了五十米，先生，您是好人，能不能给客服打个电话，这不麻烦，我保证今天一定送到……"送货员喋喋不休。

他只顾看佳佳，想着玻璃杯不知怎么又到了她手里？可能趁他不注意，她又把它拿了回去，好在玻璃杯里只剩一点水了，她继续往"莎丽"头上一点点淋水。

"够了——"他吼了声。佳佳受到惊吓。他看见她的法兰绒睡衣在持续颤抖。然后她的嘴抽动几下，她哭了，哭声不算大。

她说，"'莎丽'发烧了，你不管，我给她降温，你为什么那么凶？"哭着说话似乎让她气喘，她不停拍着自己胸口。那样子真是楚楚可怜。

他心软了，他觉得这时他应该挂断电话，走过去，和她并排坐在一起，然后搂住她的肩，告诉她一切都会好起来——他从前总是这样做的，但现在他做不到。"你应该怎么做"和"你想怎么做"，对他而言，如今总是截然相反的两码事。

"嘿，先生，你吼什么？不能好好说话吗？"送货员也听见那声"够了"，在电话中阴阳怪气地回应。他想自己一直在对他心平气和地好好说话，但一点儿用都没有，他还是要求他给客服打电话，帮他撒谎。

"我怎么没有好好说话？"他不理解。

"你不帮忙就算了，你这样的人，就是欺软怕硬，我见多了。"送货员此时倒是不激动了，语气出奇地平静，听来却更让他难受。

"我怎么欺软怕硬了？"他问，他从来不欺软怕硬。他摸了摸佳佳，让手停留在她暖融融的睡衣上，希望她能平静下来，至少在他处理完这个电话之前，暂时安定下来。

"别以为你高高在上，比谁都了不得。你这个七百九十九块的婴儿床，还不值我今天跑一天的油钱。你只花了七百九十九！凭什么吆喝人？还装模做样地说什么这不合适吧，这有什么不合适？我都懒得跟你说……"送货员说。

"你的意思，如果我买个七万七千九百九十九的床，就能指使你了？"他说，心想那几乎是肯定的。

"嘿嘿，"送货员竟然笑起来，"对！"

"无耻！"他又吼了声。

"哎呀喂，骂人了？你等着！我可知道你住哪个小区，住几楼几号！"送货员莫名兴奋起来。

"你想干什么？"他感到自己的声音再度滑落，他的身体也是。

"我不干什么。我给你送货！你给我等着！"

"我等什么？我等了一天了！"他感到有点委屈，他一直有点委屈。

"能怪我吗？你发哪门子脾气？请你打个电话都不愿意，打个电话能让你缺胳臂还是少腿啊？那什么，不是举手之劳的事么？难道你从来没有求人的时候吗？你还有没有人性？我会被扣两百块，两百块！我这个月被扣了三次了，我底薪只有两千八！我还得养老婆和两个孩子，你知道小孩子跳舞的课，现在多少钱一节吗？得，我今儿就不要这两百块了，那我也要找你算账！没人性的……"送货员说得斩钉截铁，都是在威胁他，他明白。

那架床，根本就是不必要的东西。他希望送货员干脆放弃，随便把那架床抛在高速公路哪个不碍眼的隔离带里。

他叹口气，说："你别来了，我不要了，我没人性，我好心好意让你别来了。"

"不管你要不要，我今儿还就得上你家，看看你这没人性的，能养个什么缺脑袋掉胳膊的娃？"送货员很执著。

"你根本不知道什么是人性！你来！我等着！我等着告诉你什么是人性！我今天等了那么久了！你敢不来？你敢不来？"他也嚷起来。

他怒气冲冲挂了电话，发现自己走到了厨房。佳佳不知何时也站在厨房门口。也许她被他吓住了，正两手捏着自己衣角，疑惑地看他。

他发现，"莎丽"不在她怀里。

"是'莎丽'的婴儿床吗？今天能送到么？"佳佳问。

他疲倦地转身，让自己背对佳佳，才说，"没事，马上就送到了。"然后他低头，假装在洗碗池里忙碌，尽管洗碗池里只剩一池脏水。他鄙视自己——为什么不告诉她实情？为什么要配合她来演这出可笑的"新手父母"的戏，现在，他还给一个莫名其妙的送货员在这场戏中加了角色，再让剧情不合常理。

"哦，我很抱歉。"佳佳说。

他讨厌她的"抱歉"，因为那无济于事。她曾经很多次说"抱歉"，他相信她是真诚的。那时她两手插进自己头发里，祈求他原谅，看上去痛不欲生。但他很难原谅她——她以为自己怀孕了，是那个说相声的人干的，然后她向他们两人都坦白了。她无法做出决定，所以必须坦白。说相声的人知道后，便从此销声匿迹。佳佳那阵子只能在卫视频道上看相声演员演出，继续他那些低劣的相声桥段。

出事那天，她半夜醒来，发现自己根本没有怀孕，因为来了例假，虽然迟了七八天。她可能意识到，这一切都是荒唐的玩笑，让她处处都落空的玩笑。她半夜起床，不管下体还在流血，就去厨房取了菜刀，说要"结果一切、一了百了"。而他,那时竟然也觉得,这是个不错的主意,结果一切,一了百了。

那时他就坐在卧室的单座沙发上,静静地看她挥舞菜刀,就像看一部过气的、情节老套的电影。他已经开始在沙发上睡觉。他告诉自己,永远也不要原谅她。后来他干脆闭上眼睛,任由她把凝滞已久的空气砍来砍去,砍成四处飞溅的碎片。

"既然生不如死,不如死了。"他想。

最终,她只在衣柜和沙发上留下些永久伤痕,现在,那些痕迹还在,习惯之后他会觉得,衣柜门上的刀疤倒像是一些野兽派风格的装饰。当然,他们都不提那些刀疤要不要修补的事,他们也都未能死掉,时至今日。

然而,他原谅她了。这都是因为,她进了安定医院。

她在杂志社也做了些不正常的、危险的事,被杂志社社长派人送去医院。一开始并不是去安定医院,而是普通医院,那里的医生建议她去精神科。他还来不及摆脱病人家属的身份成为她的前夫,便被杂志社电话告知,他得带佳佳去看精神科医生。

他根本不相信这是真的,但仍带她去了,也许是为了证明这不是真的。随后，他不断被医院通知，再慌慌张张跑去听取病情。这个漫长的过程，让他感到自己没法对精神病人生气了，他能感到的，只是时过境迁，一切都发生得太快，一切都消逝得太快。他也不知道自己为什么要原谅她？因为爱么？那真愚蠢。或者，他根本还没有原谅过她，他的委屈，暂时被她的病情淹没了。

"没事，你先过去吧，晚饭一会儿就好。"他仍背对她，说道。

"我，能帮你吗？"佳佳问。在他听来，有一瞬间都快相信她完全正常了。但她又说，"我很想帮你，只是，那样的话，'莎丽'就没人照顾了。"

他突然转身，快步走到她面前，用力捏起她的手腕举在胸前，像是要用她的拳头打自己。他盯着她，大声说，"'莎丽'没人照顾？她爹为什么不照顾她？"

但他说完不久，便后悔了，因为他们靠得太近，他都能看清她弯曲的睫毛，还有扩大的棕色瞳孔，左眼上一颗红色的痣，佳佳曾说那颗痣长的位置，象征着"不安"，"为什么不安？"他这样问过她。她说是因为留不住，害怕很多东西都留不住。

他多少次吻过那些浓密的睫毛，还有那颗不安的痣。

佳佳那只被他握住的手，哆嗦着，却软绵绵的。他好像握着一些并不存在的东西。他的手心湿漉漉的，不知道是汗还是洗碗池里的脏水。

"我……你别怕，我可以照顾她。"他过了很久，才松开手，随即说道。

他在厨房烧水，看锅中咕噜出一个个水泡，欢快又短暂。欢快的东西总是短暂。他和佳佳也是。他问过那个小胡须医生。"如果她始终要拿个面包当孩子，是不是还是问题很严重？"

医生纠正说，"不是面包，是面条。"

医生还摩挲着自己呈三角形的胡须，胸有成竹地告诉他，"这需要观察，你知道，很不好说。有的病人有一天因为什么刺激一下，突然就明白了，也有病人因此丧命。"他憎恶医生这些模棱两可的回答。世界本就没准儿了，总有人还嫌不够，尽用些好听的话来给这世界添乱。

但他随后就去了宜家，选中了那架完美的婴儿床——

他理解这是医生暗示给他的做法。"可自如伸缩长短的、专为成长的设计"——婴儿床的价签上,写着同样完美的广告语,也是好听的话。

宜家婴儿床的展区,和所有大床混在一起。大床看上去更不错,尽管上面总是躺着一些疲倦的顾客,也不妨碍它们引人遐想。大床是新婚、是希望,是一切的开始;而婴儿床,是无奈、是必须,也是一切的终结。他这样认为,并希望这真的是个终结。

说相声的那个人从他们的生活中销声匿迹了,留下了"莎丽"。尽管"莎丽"并不存在——佳佳总有一天会意识到——但也足够让佳佳发疯,也让他不得不为一袋面条应该使用高防护栏还是低防护栏的婴儿床,在宜家卖场挑挑拣拣。好在,面条不会成长,也用不上这些"为成长"准备的设计。

"她是不是后悔了?我的意思是,我们以前说好不要孩子,因为我们的想法,你明白吗?当时确实觉得这样更好。但她现在,是不是后悔了?"他问医生,但也立刻意识到,这不是医生应该回答的问题。

"这个,有可能,按照弗洛伊德的潜意识,她自己意识不到的东西,确实存在着。有一天被激发了……"医生说。仍然是模棱两可,没个准儿。可是,他想,如果佳佳所谓的潜意识里一直留有婴儿的位置,那她当初还为何要与他彻夜长谈、然后达成默契。

医生似乎也不确定这样的解释:"也许是她逐渐改变了主意?"

她无法成为歌唱家,却因为这梦想失去了做母亲的权利,于是她后悔了,然后不知不觉中,她的潜意识里出现了新的主意——这主意兴许不只关于一个孩子,也关于对他的感情,所以她会飞快地对那个滑稽的相声演员一见倾心?该死,相声演员成串的俏皮话一定让佳佳在床上十分快活。

现在,是他抱着"莎丽",他从来没像佳佳那样,把面条抱在怀里。"金麦郎"商标的圆形图案,因为刚被水沁过,模糊成一团丑陋的黄色。他恍惚觉得,那很像一张脸,冲他龇牙咧嘴的鬼脸。

他吓得丢开它。粉红毯子散开,落在厨房地面,有一角盖住他的脚面,毛茸茸像某种恶心的生物。他急忙抬腿踢开它,心里骂着,这鬼东西,仿佛那真的是相声演员的亲生骨肉。

佳佳终于吃上了晚饭。

她看上去很满足。她一直是个容易满足的姑娘,单纯、朴素。他情不自禁为她擦去额头的汗,嘲笑她狼吞虎咽的模样——几乎和他初见她时一样,那时她总是为点滴的幸福欣喜若狂。

她朝他微笑,笑容甜美。这种时候,他觉得那些发生在他们之间的过往,她都不记得了。她还夸赞他的厨艺。

"我希望你真的好起来。"他觉得自己说得哽咽。

"我知道我有段时间很不好,但我太想做到最好。"她停下筷子,甚至不再咀嚼,庄重得让他意外,除了"莎丽",佳佳的其他事情现在都不那么令他讨厌了。"我越想好,就越是不好。"她还是习惯性撇嘴。

"没事的。"他说。这些话都不是虚伪的,他想。

"我知道,是我不好。"佳佳又把脸埋在碗里,用筷子努力捞着面汤中最后几根面条。"我真是饿极了,可能都是那些药的原因,我总是饿。我觉得这面真好吃。"她囫囵着说。

"是吗?是好吃。你知道怎么做的么?"他此刻非常满足。

"怎么做的?"她说。

"是'莎丽'，"他几乎要笑出来，"'莎丽'，其实是面条。"

佳佳放下筷子，不解地望着他。他觉得她似乎已经明白这其中的奥妙了——从来就没有"莎丽"，从来就只有一袋"金麦郎"面条。

她突然站起来，椅子在她身后蹭出去很远，跟地板摩擦，发出刺耳的声音。她冲进卧室，可能是去找"莎丽"了。她当然找不到。他又见她冲出来，站在客厅中央，两手在身旁挥来挥去，似乎想抓住空气中的什么东西。

"嘿，我现在要吃面条了。"他拿起筷子，在自己的碗中狠狠捞了一筷子，全塞进嘴里。味道好极了，他想。他这碗面，同时加了葱油和辣椒，果然非同一般。

门铃响的时候，佳佳仍在客厅中央站着。好在这次，她没拿菜刀。她只是尖叫了几声，然后冲着四面八方的空气喊"莎丽、莎丽"。

他觉得她看上去困惑极了，仿佛真是个绝望的母亲，但她过一会儿又呆住了，似乎在思考，也可能在怀疑自己是否忘了些什么。

也许她会真的想起来，然后就此醒悟，那么一切就结束了。

他独自回卧室，坐进单座沙发，把双脚放在飘窗上。卧室没开灯，城市光辉的夜景因此显得绚烂。对面高楼楼顶的广告灯箱，有红黄的灯光交替闪烁。灯箱上有些文字缺失了，却不妨碍他读出那些广告语虚假却充满诱惑的含义。灯光也投射在他身上，反复变幻着颜色，一红一黄。

他不想理她了，他现在只想面对黑暗和自己。

一年多前佳佳动菜刀那次，他也坐在同样的位置，那时他就打定主意不再理她。但他后来违背意愿，接着又度过了绝望的一年。其实他本来就不必原谅任何一个人，他本就没错，错的是他们。

不知坐了多久，听见门铃响，他费了些功夫才想起来，应当是那个送货员到了——他可能终于熬过了不容易的大堵车，又在夜色中的楼群间急匆匆寻找他的门牌号，才得以按下一个早该按响的门铃。

他任凭门铃这么响着，决定不去开门。他没什么必要开门迎接一位想找自己算账的送货员。而且他也不再需要一架婴儿床了，因为"莎丽"已经被他们吃掉了。他想，这样说来，好像很残忍，但事实并不是，事实上，"莎丽"的味道很不错，他认为自己的葱油面手艺，确实大有长进。

不久前，他坐在自己最喜欢的沙发上的时候，已经给宜家客服打过电话，并不是为确认收到货物了，而是，投诉。

他没有料到投诉过程如此便捷和顺利，那感觉真不错，听见客服小姐用甜得吓人的嗓子说要"及时、严肃处理"时，他觉得这是一天中最美好的时刻。

他想其实早该如此，这世上什么事都没个准儿，也早就没什么是属于他的。想到这里，他恨不得立刻起身，去拍几下桌子，就像那时去杂志社跟社长拍桌子一样，但他又舍不得这舒服的沙发，还有窗外的五光十色。

他依稀觉得，佳佳可能开了门，但不确定。她现在似乎已经没什么力气了。他听她哭哭啼啼地不停说着，"死了，死了，孩子死了，没了，没了，孩子没了，我们吃了'莎丽'，我也吃了'莎丽'……"

他分辨不出她是否是对着那个暴躁的送货员说话，反正他没有听见送货员进屋的动静。毕竟，此时他只身停留于浓重的黑暗，并极力朝那扇光亮的窗户保持微笑——这已经很不容易了。

怎么在地图上画出我

何　兮

何 兮 写小说、诗歌与童话。也画画。著有童话小说《蒜，跳着走了》、诗集《费华铎的四个瞬间》。

停电时，有街上的光出现在眼前，晃着房子里简陋的家具，这样，电线是否断掉就不是问题，至少，在那光里，我听到呼吸声像蠕虫一般伸缩，蜷在床上，我的呼吸声与那光差不多的若隐若现。房子，低矮，临时搭建的棚屋，在运河的浅岸上，一边是干涸的河床，另一边是喧嚣的公路。电线吊在半空中，风稍微大一点，把它荡起又折断。这种情况，多半在晚上发生。白天，大家都到工地上去干活，晚上休息时，有人真的钻到梦里，有人走上公路，走上一大截路去小饭铺喝上几瓶，也有人立在寒风里等着那些专门等他们的女人们走上前来。

在这个城市，父亲和我已经辗转了几个工地，从市中心到郊县，有多少房子竖立起来后，我们就转移驻地，我已经记不清了。这个城市特别大，需要建造的房子特别多，男人、女人和狗也特别多。刚到这个城市时，父亲并不需要我去工地跟他一样做活。当初，他还隐约记得我的年龄，他说，再去读书吧。我点头。从一个城市到另一个城市，我也从一个学校转到另一个学校，借读费很多，这个城市的借读费更多，父亲拍拍我肩膀，犹豫地说，不读了怎么样，你的个子快跟我一样高了。我的喉结没你大，我的胡须没你硬，我的力气也没你大，我心想着这些话，并没有说出口。我推开他的手说，不读书我做什么呢。父亲说，跟我一起上工地。我想了想，没有拒绝。工头不同意，他对父亲说，这个岁数还属于童工呢，被发现了优质工地的称号就保不住了……工头向父亲推荐了一家专门为打工者子女开办的学校，不需要任何学费。第二天，我就去那里上学了。

在那儿，我的个头是最高的，比我稍微小一点的学生都是女的，她们经常主动来找我借东西，有没有黑色的笔？有没有能折成纸鹤的纸？我摇头。她们嗑瓜子，她们说看他，很挺的鼻子，很清的眼神，很高的个子，但他好像不喜欢我们，为什么为什么，是因为还没有开窍么。她们发出类似擤鼻子的声音。学校的授课并不正规，不同年龄的学生们坐在一个大教室里，老师的讲课不能引起我的任何兴趣，有很多课的内容我早已在别的学校学过，似乎没有继续待下去的必要，但不待在学校里，我又能去哪儿做些什么呢？我在课堂上打盹。学校的房子很不结实，起沙尘暴时，沙子从窗户进到房子里，在课桌上铺开，进入我的鼻子与眼睛里，用手指揉眼睛，有泪水流出来，我像是在哭。抬头看窗外，风把树枝折拧，把几块木板吹向半空，不时又摁下地，又掀起来。

天空土黄色，大地灰黑色，没人在风里走，汽车停在公路边，像一座座窑洞。

老师走过来敲我的桌子说，你在开小差吗？校长为了让你们有个地方不受歧视地读书有多难你知道吗？为什么不珍惜呢！我木然地看着他，一句话都不说。老师走回讲堂，激动地在黑板上写下"珍惜"二字，然后走进沙尘暴，瞬间，黄沙淹没了他。我确信他只是走入隔壁的教室去上另外一堂课了，但是，他的身体消失在门缝里的瞬间，我看见他一只脚跨入风的旋涡内便一步跨到了天上。第二天上午，他还是继续来上课，但什么都没有讲出来，他只是告诉我们一个坏消息。很多人都茫然无措，年龄小的孩子哭了起来。我大概是发出了一种笑声，很轻，却还是被周围的人注意到了。他们看着我，目光里有菜刀上的凶气。我站起来，离开了教室。那个坏消息是校长在昨天的沙尘暴里被一截树枝砸成重伤，她的妹妹，校长的助理，一直以来反对她办学校的妹妹，宣布学校关闭。她要带她回老家养病，等她病好了她要与她一同做茶叶生意挣钱。

教室的门在我身后合上，我把里面人们的唏嘘抛下了。学校在城市的五环边，在我和父亲的住处与城市之间，但我在风里弄错了方向，从五环走向四环、三环、二环，一直走到了城市中心的一个大广场，走到时，天已经黑了。偌大的广场上除了跟石碑一样坚硬的哨兵外没有任何人，路灯雪亮，风小了，我的肚子咕咕叫，泪水不停地流下来。我从来没有流过那么多眼泪，我几乎担心眼睛会瞎掉。为了镇定自己，我开始回忆这个城市的样子。刚来这个城市时，父亲和我，还有工友们在地铁里买了一张地图，我记得它的形状，像一张嵌了几个圆圈的大面饼，那圆圈是什么做的？是麻油，是芝麻酱，还是红糖？现在，我就在最里面的一个圆圈里，像在一波涟漪的中心，当四周的水波散开我便会在这儿沉溺下去。我找到两堵墙的一个夹角，靠着坐下，累得挪不动腿，不知不觉地，我歪在地上睡着了。再睁开眼时，周围是一些早起的游客与几个穿得很体面的乞丐，广场上的旗已经升起来了，风完全停止了，几朵云挂在建筑物的屋顶上。真是清晰的早上，我伸了个懒腰，猛吞了几口空气后，决定走回父亲和我的住处。

路线在地图上是清晰的，在我的脚下却那么逶迤，像蛇扭着腰围拢它的食物，而它的食物庞大笨拙又看不清危险在对方脸上制造的惊吓。走着走着，我突然想到我可以描绘一张地图，地理课上我学过那种画线的方法与制图的比例尺，也学过画出高气压与低气压的图像。画一张高气压下的沙尘暴天气的城市地图，除了高耸的房屋、错综复杂的马路与悬梯般的天桥外，还要有一条从五环外直接抵达城市中心的路径。那道路必然笔直、粗野又凶悍，又隐含着温柔、羞怯与生涩。

一边走，一边琢磨着用什么样的方法去绘制这张地图，我的脚下像装了轮子，不由自主地转着。用精密的方法去绘制，可以让人看到城市的全貌，却无法展现我所希望的那条路径所包含的气质。而用蜡笔、水粉等美术的手法，或许可以达到我所需要的效果，却违背了科学制图的原则，这样画好的地图，如果是份作业，更该交付美术课堂。有没有第三种方式呢，既精密地符合地理，又能表现那条路径向城市中心插入时的凶蛮、强横以及其中令人难以看到的含蓄呢？思前想后，不得要领。

靠着对一张有可能被描绘出来的地图的向往，我终于走到了父亲和我的住处。

父亲正在煮面。

没有去工地？我问。

关了。父亲说。

烂尾楼了？我问。

父亲呼哧呼哧地吸面条，没有回答我。

我去取碗。

只是一个人的面。你再煮吧。父亲说。

不了。我想睡觉。我一赌气，放下碗，爬上高低铺的上铺。

脑袋一碰到枕头，我就睡着了。不知睡了多久，迷迷糊糊地，我被下铺父亲床上一阵女人的粗重喘气声吵醒了。我用力晃了一下床栏。

醒了？父亲问。

嗯。我继续晃铁床。

饿了就煮面条吃。父亲说。他床上有一个人走了出来，走向门，一声不吭地开门出去。

我下床煮面，面条从水中浮起时，父亲发出了响亮的鼾声。

我知道刚才出去的是一个女人，而且是不用付钱的相好。如果需要付钱，父亲就不会待在家里了，他会去火车站或窄小的胡同里踅摸。在每个城市他都是这样。

父亲白天上工,和水泥、砌砖头、贴瓷砖,后来因为事故腿瘸了,做过一阵子厨子,做厨子后身体胖了,有了赘肉,他开始乱花钱了:抽烟、买衣服与喝酒。施工队里的老乡们开始来找他借钱,他有求必应,他说反正我老婆也死了,父母也死了,就养活大家的父母老婆吧。他的大方招人喜欢,大家真的喜欢上他了一样,仿佛离不开他了一样。他越来越空闲,总是有人替他干活,工头发现了这一点,就调他到办公室算账。他对那些数字一头雾水,拿回家给我,说是养兵千日用在一时,他让我替他算那些数字。

有我帮他算账后,他有了更多的空闲,在家里闲不住,就到工地上干老本行,帮这个做点事,帮那个做点事,吹吹牛,"以前,我砌出来的墙那是真的直线""以前,我跳远可以从这棵树跳到另一棵树"。这样,他还是有很多空闲,他空闲时总不待在房子里。有一天,我跟着他出了门。我跟着他走到一个有很多女人的地方就回来了。有时,他也把女人带回来,有时避着我,有时也不回避,他说,你也是个男人。

但他又怀疑我究竟是不是个男人。你的喉结怎么不像我那么显呢？喝醉时，他说，你不是我儿子，你是你妈跟野男人生的吧？我一年四季在外做活，怎么知道她肚子的种是我播的呢。我说，奶奶说我妈生我死掉那会儿，你一滴眼泪也没有。你为什么不哭？你是不是我爹？他说，老子不喜欢哭。我说，那你死掉时我也不哭。他大笑说，好，这点才像老子。死就死，哭个啥。

男人和女人都喜欢父亲。想到这个我总是忍不住笑起来。女人来到低矮的房子见父亲，做他们喜欢的事情。我在上铺脑子里一片空白，身体好像不在床上。女人走后，父亲睡觉。有时，女人来时我会出门去溜达。有时，在空旷的野地里走着走着，我的小蛇会探出来，越来越坚硬，我呆呆地看着它自己在那里探头；有时，我站着一动不动，稍稍收紧小腹肌肉，看它一点点地左右晃动。这时，我并不是一个男性或者少年，我是一架机器，小蛇的摆动纯属活塞运动的前奏，而我并不需要前奏之后的开始。父亲说，只有那样了，才有方向，才有一个新天地。我不以为然。我的小蛇，它的主人不急于寻找出口，他似乎总不迷路，即使到了再陌生的地方，走着走着，都会走到一个新的地方，也能从不同的道路回到老地方。

也有例外。睡梦里，我会失去白日的平静，小蛇会变成大蟒，搅出汹涌的海浪，我总是蓬勃而出，在被子床单上留下身体的分泌物。我知道这只是一种普通的生理现象，它的出现并不意味着我喜欢上了什么人，或者我应该去喜欢什么人。至多，它的出现说明，我跟别的男性与少年没什么不一样。这种现象第一次出现时，我一点儿也不慌张，很平静地接受了汹涌后的那种黏稠度，它像糨糊一般，将一个醒着的我和另一个睡着的我粘在一起。那种释放会伴随着一丝稍纵即逝的轻松，我似乎从不记得它曾经存在过。父亲问我，你是不是一个男人？我说，无所谓，是不是都行。父亲轻蔑地哼了一声，不再理我。过了很久，父亲还是会开口跟我说话，因为我是不会主动对他说点什么的。我可以长久地一个人待着不说话，这一点，他做不到，他需要房子里有一个人，不是我就是女人，或者，他可以去工地上和工友们呆着。有时，我厌恶他身上用不完的力气，用来发问、大笑、做爱与吃喝。当他发力时，我有点儿厌恶他，仿佛他的力气破坏了我的平静，而我独自沉默时，总是很舒服，脑子里什么念头也没有，身体轻飘飘的，仿佛在云层里，又仿佛并不在那儿，甚至不在任何一个地方。这是因为我长期睡在上铺的缘故吗？还是什么呢？偶尔，我散步时会琢磨一下。

一天晚上，毫无征兆，父亲宣布自己终有一天会快活地死掉，并且什么钱也不会留给我。他说，死就死了，非常简单的一件事。"你不需要给我送葬，我也不会再管你了。"他的话似乎是要把我赶出家——如果那房子是家的话。事实上，他没有赶的动作，却气焰高涨，他说他终于想通了，人是没有什么出路的，除非能比死神更嚣张地去面对死亡这件事。他喋喋不休，简直让我没有办法再在那个房子里安静地待下去。房子只有几个平米大，除了一张高低铺，一张折叠的饭桌、两张椅子、一个塑料的简易衣柜外别无他物。

我实在待不住了。我离开房子，从工地所在的郊区往城里走。工地上的楼已经没人干活了，工友们都回了老家，马上就要过年了，他们得吃过年夜饭后再回城市里来。建了一半的楼空空荡荡的，像站在旷野里的一个瞎眼巨人，因为他眼里无光，人们也看不到他。运河在楼的一侧，楼的另一侧是公路，公路边上是建筑工人住的低矮工棚。只有一间房子亮着灯，那是父亲和我的住处。我远远地看了看那灯光，继续赶路。

黑夜，修路工人在公路上围起一截截路障，柏油正重新填平破损坑洼的路面。他们的表情很模糊，低垂的帽檐遮盖了半截面孔。有警车与救护车呼啸而过，那迅速的声音闪过耳边时，我产生了一种错觉：我是一种缓慢的爬行动物，速度慢得几乎是静止的，但与一种快速运转的机械擦肩而过时，我分明是在以接近光的速度前进，像一粒灰尘被裹在光里，快得看上去一动不动。似乎一动不动的，我又来到城里。早上的城市特别忙碌拥挤。我跟着一个乞丐到了地铁，他存钱的罐子里伸出一张皱巴巴的钱，我轻轻一拉，它便到了我手里，乞丐没有发觉。用这钱买了张地铁票，过了几站后，我跟着一个头发染成黄色的中年男人下了车。他在读一本书，关于时间的书，作者是爱因斯坦，书页上有关于虫洞的图，我盯着他的书看，一直看，直到他的脚跨出车门，把书合上。我跟在他后面，跟得快了点，他猛地回头，我差点撞上他的脸。你要做什么？他问。我迟疑地伸出手去，他从裤兜里拿出一张钱递给我，我摇摇头，手指着他夹在腋下的书。你要这个？他问。我点头。他把书递给我。我接住，他又抽了回去。哦，刚买的，还没有读完，读完再给你。他说着，转身走了。我跟着他。

出了地铁口，他走入一栋高楼，进了电梯，我也进了电梯。电梯升到十三层，他打开一个房间进去，我跟着他进去。房间里有两张面对面的办公桌，他在一边坐下。我在另一边坐下。他把书放到我面前，自己开始打电话。我读书，翻了几页，晦涩的文字让我很难顺利读下去，碰到问题时，我问他，他有时轻快地回答我，有时有点儿犹豫；犹豫时他对我说，"你再往下看看"或"我也不太清楚"，另一些时候，他非常严肃地说，"理论物理挺难的，不是那么容易学"。不论他说什么，我对这本书的确着了迷，一个劲儿地往下读。他打电话的间隙，整理文件，写下几页东西。我一直读书，吃了他递给我的一只面包，一块黑色的巧克力，还抽了一根他递过来的香烟，我并不会抽烟，咳嗽了，出于尊重，我把烟抽完了，有了一个感受：巧克力与香烟都特别容易让脑子更清醒，读书更快。

不过，因为昨晚几乎没睡觉，后来我还是趴在桌子上打起了盹。某个瞬间，他叫醒了我。他说，下班了，你回家吧。我说，没有家。他问，有住的地方吗？我说，那里爹要用。他看了我一眼，似乎有一个问号正穿过我与他相隔的短短距离，飘到我的脑袋后面去，而他并不需要这个问号的确切答案。他打开门，把那本书放进他的皮包，做了一个请的动作，我在他的目光中走出办公室的门。在楼下，我抬起头，才看到大门口悬挂着的门匾上写着的字"地图出版社"，脚底仿佛生出了植物的根茎，与地面粘合动不了了，直到他出现在大门口。

我要画张地图。我对他说。

什么地图？他问，城市地图、概念地图，还是游戏地图？

不知道，都可以……我也不太清楚。我说。

他捂着肚子，做了一个大笑的动作，那身体弯曲了一半又返回了原来的姿势，他脸上还是温和的表情。

画好了再来找我。他说。

我不知道什么时候能画好。我说。

他扭头走向地铁站。我跟上。我抓住他的皮包，不知哪儿来的一股子劲，一口气冲他说了我自己的一些事，母亲生我时难产死了，而父亲是那个样子，学校停办了……我说，我没事做时，就经常走路。我觉得我从不迷路，从郊区走着走着经常走到城市中心，很漫长的路。我想有没有那样一条路，从五环直达城市中心呢。我想画一张地图，图上有这样一条路，很迅速的路。以前，我想，这条路是与大地平行地穿过去，现在，我读了你的书，我有了新的主意，我想或许这条路可以是从空中落下来的，是弧线，但我的确不清楚该怎么画，我自己又该在地图的哪个位置上呢？人需要出现在地图上吗？——好像是需要的，的的确确需要的，而我又实在不清楚怎么在地图上画出我，是画一个正在走路的我呢，还是画一个正在画地图的我？

他惊讶地看着我，这次，他的目光里有小草从冬天的雪里抬头的脆声。

这个地图很难画，出版了也没什么人需要。人们会问，这张地图有什么实际效用呢？我回答不出来。你能回答吗？

他的鞋踢着地上的一颗小石子。

我没想过出版的事。你能教我画吗？我盯着从他脚下溜出来的石子。

我也不知道。他迟疑了片刻，从皮包里取出书，递给我。送给你了，今天我有事，必须得走了。或许你过几天再来找我，你记得住地方吗？

我点点头。他拍了拍我肩膀，快步消失在人群里。

我一只手提起书，让它高于我的头部，好使我抬起头以一个仰角望着它，光线从书的背后包围、扑射开来，使书页的质地具有了一层并非纸质的透明感，像是刚从另一个世界运来的，偶然在这个世界遇到了我，稍作停留，与它对视的一个我似乎变得比较重要起来。书打开的一页，恰好是我在地铁里第一次看到的那一页，页面上有一个虫洞的图。我长时间地盯着它看，看着看着眼珠里浮上细细的盐粒，我的身体似乎正被一股超自然的力量拧成麻花旋转了进去，又不是完全被吸入，因为到了一定程度，我的视线受到了阻碍，图上的洞内似乎有一把黑色的锁，禁止我进入洞的那一头，而我非得有现实中的钥匙才能打开黑色的锁——不是想象中的钥匙，我的直觉告诉我，那没用——我无力地低头，我的脚边是一粒普通的看上去一点儿特殊形状也没有的小石子。叹了口气，我把书卷成筒状，塞到我的裤兜里。

还是往郊区走。天渐渐黑了，我到达工地时，只有闪烁的路灯照出我破了洞的球鞋。远远地往熟悉的房子看了一会儿，那里的灯光与往日并没有什么不同，父亲应该在那里，我却不能说服自己回那个房子里去。走近些，门就在眼前，伸手可触，我耳边没有一丝来自房子里的声响，或许，房子里空无一人，父亲并不在那里。可我还是在呆呆地站了一会儿后，决定不进去。

我向工地上的大楼走去。大楼二十四层高，十七层以下砌好了墙，十七层以上的部分只是钢筋混凝土的框架，我沿着楼梯往上走。还没有挪走的吊车上的灯将一些微弱的光落在楼梯上，使我不至于每走一步便用脚去探台阶。每走一步，细沙与小石子在鞋下发出辗转声。这样走，走到十七层上，风明显大起来。我停下，坐到地上，我的小腿伸在空中，稍微一个不注意，我的身体便会因失重而栽下去，便会像台机器一样支离破碎，像一只狗般血肉模糊。我往后坐了坐，臀部肌肉不由自主僵硬起来。我想起我小时候在村子里看过的演出，一个演员独自站在草草搭建的舞台上，行头简陋，妆画得粗糙，他应该唱出来，一大段歌词或台词应该从他放松的嘴里吐出来，成为夜空里的彩色肥皂泡，漂浮着涌向观众席，使观众们忘乎所以，兴高采烈，或者，使观众们悲恸哭泣，万分绝望，于是，在那一小段时间里，他与观众们一块儿获得了某种解脱。一个射灯盯着那个演员，像一个圆柱形的笼子套住了他，因为忘词了，因为身体不舒服，因为心不在焉，因为其他人不明了的原因，因为他自己都无法解释的某种障碍……不管原因究竟是什么,当时,那个演员伫立在舞台上,没有唱出一个字,也没有说出一句话,一会儿后,一阵嘘声把他轰下了台。

风,从身后像一只巨大的手掌般推着我,我不得不屏住呼吸,使自己像一只人形秤砣,原地保持镇定。这时,我对平静的看法有了一点变化。平静,或许没有那么重要,激烈一点,像父亲那种疯劲,或许没有那么糟糕。以前,不论在哪个学校上学,每当老师布置写作文、写周记、写日记时,我总是很抵触,潦草对付,不好好写,有和蔼的老师问我,你为什么不多写一点呢,你写出来的文字很有感觉,可以再写长一点。我回答说,我没有那么多话要说。和蔼的老师劝导说,你要试着表达,多练笔。以后,如果还有机会遇到那么耐心的老师,我可能会非常乐意去写一篇长一点的文章,把怎么想画一张地图,怎么在地铁里遇到送我书的叔叔,这些事情都细细写一下。

好的,好的。我说出声来,就像眼前坐着另一个自己。

楼层里响起"好的,好的"的回声,我以为那是我的回音。但不是,那分明是另一种性别的嗓音。

一个女孩悄无声息地坐到我的身边。

嚼着红薯干,她的目光在我垂下的头上发热。好的什么?她问。

没什么。我说。

递给我一根红薯干,她若无其事地晃荡着空中的两条小腿,风将她宽宽的裤管吹鼓,她像在摇晃两根充气大棒槌。她一点儿也不担心掉下去。

还要吗?她发现了我的紧张,打开背包,倒出许多零食来,饼干、牛肉干、鱿鱼卷、花生……我取了一包已经拆开的饼干吞咽起来。

好的什么?她用我讨厌的方式追问。

你在这里做什么?我反问。

休息啊。你呢?

不知道做什么。坐一下吧。

哈哈,你也离家出走了吗?我离家出走了,一直在走。她浑不吝地说着,躺了下来,头发散在水泥地上,看不清有多长。在她额前,几绺卷发松散地盖住她的眉毛,而眼睛露出来,眼眶上抹了极深的眼线,使眼珠黯淡地沉下去,像两条小船在水中淹没只浮着四条弯曲的船缘。

我的臀部又收紧了,双手撑在大腿的两侧。

我闷闷地嚼着饼干,她叽里呱啦地说着什么,我一句也没听清楚。

你不喜欢说话吗?真闷,闷坏了。她嘟囔着,手指扒拉着就近能握到的小石子抛起来,扔到空中。

我可以听你说。我想她可能需要一个听众。

好吧,但你想听什么?总得有个方向吧?

随便。

不行,你必须要确定一个方向。她的声音坚决而快乐。

我喉咙里打了个空嗝,类似哨音的末尾部分。我说,真没什么挑的,随便你说。

一定得你先挑个方向。比如说,小朋友晚上睡觉前会说,妈妈你讲故事给我听好吗?妈妈问,讲什么故事啊。小朋友说,童话。或者,那小朋友会说,恐怖故事。

妈妈一般只讲童话给孩子听,不会讲恐怖故事。我纠正她。

那又比如,你去一家饮料店买喝的,营业员问你,喝什么?这时你必须说出你要喝的饮料的名字,可乐七喜咖啡什么的。现在,我问你想听什么,你也该说个什么大概内容,比如你从哪儿来的,比如你叫什么名字,等等。明白了吗?

我面无表情地看着她。

看上去，她似乎有些愤怒了。

对峙着沉默了片刻。我把手头的零食推向她，一件件放回她的背包，把背包的拉链拉好。

你喜欢吃什么？她又问。

都还行。我说，其实，这些东西我以前很少吃。

你真……她笑了起来，上身仰起一个弧度，将腿也抬起来，双臂去碰双脚，整个身体悬空，只有腰与臀交接的部位着地。这样持续了两分钟，她的呼吸似乎也停止了。两分钟后，她又以松弛的姿势躺到地上。

你真太搞笑了。她说。

为什么？我问。

如果你是一个呆头呆脑的外星人就好了，我就会教你一些地球上的生活常识，带你四处走走，出各种乌龙事件，你很窘迫，我很逗乐，然后时间过得非常快，终于有一天，你要回你自己的星球去了，你对我说的最后一句话是一个问句，你问我：你跟我一起吗？可惜你不是，你也没办法说那句话。

我知道，我点头说，我的意思是，我的确不会说那句话。

我会说，再见了，外星人。我补充说。我感到我脸上正显露一种以前少有的安恬微笑。

她哈哈哈大笑，随后翻身，俯卧，双肘支地，从背包里取出一个本子、一支笔与一个小塑料手电筒。

我得记一下，在一栋没有修好的大楼里遇到一个看似傻瓜又看似聪明的小男人。你多大？她问。

不确切知道，17或者19。我说。

她不再追问，似乎已经习惯了我的回答方式。

一个不知是17岁还是19岁的看似傻瓜又看似聪明的男人。她在本子上写下这句话。

你想听听我的日记吗？她扭头问我。我不置可否地点点头。她很兴奋，双腿盘坐，开始念——

我是一个什么样的人，每过一阵子，我就会想一想这个问题，却始终没有答案。与其说，非得向自己描述自己是一个什么样的人，还不如向自己展现自己的行动，就是喜欢做什么，做了什么，以后还要做什么。显然，我不喜欢刻板的生活，我喜欢到处走走，喜欢去那些没有去过的地方，如果在一个地方待久了，我会莫名其妙地焦虑、烦躁与紧张，晚上会做噩梦，梦到自己被一个可怕的怪物抓走了，自己就要想各种办法从怪物那里逃跑。我不知道有没有人跟我一样，所以，我一次次地走啊走啊，就想着可能会遇到跟我差不多的人，然后从怪物那里逃跑起来就比较容易，因为有人会一起逃，就仿佛两个各自逃跑的人是在相互帮着对方一起逃似的，实际情况很可能是，谁也没有帮谁，只是从怪物那里各逃各的。

上周，在一家酒吧一个看上去还凑合的男生跟我搭讪，我问他要不要一起逃，他摇头说不要，他说他虽然喜欢我却没有跟我一样会做怪物的梦，所以也没有办法一起逃，不过他强调他非常喜欢做这种梦的女孩——就是我——我很失望，不想再见他了，他却为我的离开哭泣，让我的鼻子也酸酸的。真窝囊。喜欢人很好，不过，喜欢人也真是很麻烦的事情，尤其那个人他还不能跟你待在同一个梦里。很多时候我只是喜欢跟人待在一起，至于是否是真的喜欢或者说是他妈的"爱"，都不是那么确定。待在一起，做爱或者不做，都很好。毕竟，路上，我一个人，而且不得不一个人上路，不然，我的身体里就有一个怪物冲出来让我浑身都难受。那个怪物跟梦里的怪物很像,又不一样。这是病吗?我问流眼泪的他。男孩子流泪,叫人心疼。但他的回答却叫我绝望,他说,你可能有一种无法控制的心理障碍。啊!我多么希望,他能告诉我:如果这个世界上这么真实的女孩子都有心理障碍了,那肯定是这个地球病了,因为地球一直好好的,一直跟大自然待在一起新陈代谢,光合作用,地球什么毛病都没有,所以,你也没有什么所谓的心理障碍。显然,他不是能说出这种话的人。

她停了,抬头看我。

你自己觉得呢?我问。

不是,肯定不是。我感到很自由,很舒服,明天的事情必须让它成为我所不知道的事情,那样才有意思。而他,只不过是出于软弱,出于想把我留下来的目的才说我有病。那样,他就可以陪我去医院看心理科,用一种怜悯的目光打量我,显示他的心理优越感。你说呢?

我没什么意见。

我使劲想了半天,实在找不到可以像她那样顺溜说出来的东西，但一种怪异的慈祥像一条热毛巾捂在心上。

你的日记写得很好。我说。

对！她合上本子，请我讲讲自己的故事。

生平第一次，我希望自己要在这个城市里住下来，有些变化，未来能拥有更多的故事。

唉，你真不是一个好的聊天伙伴。我来看看。她将脸贴近我，呼出的热气下我的睫毛不由自主地抖动。她将嘴巴努起来，而我低下脑袋，下巴抵到了胸前。

可能，真是一个傻瓜。她站起来。

不说话的话，走走吧。你陪我走一段。不喜欢说话的人往往动起来比较容易。她握住我的手，将我拉了起来。

我们走下大楼，走向公路。她一直握着我的手。有时，她把一个由两只手紧紧攥在一起的拳头扔向空中，有时把它伸进她的大衣口袋里，有时，她将我的手展开紧紧包裹住她的手。有时，她自言自语，有时，她唱歌。她不再特别要求我说话。公路似乎总是笔直向前，而我觉得它总是在拐弯，我们是在走一条又一条弧线。天空露出一片淡淡的红色时，她拉着我跨出公路，走向一片蒿草地。她松开我的手，躺了下来。我坐了一会儿，看着她的脸，想了一会儿画地图的事情。腰那儿有样东西硌着我,是那本书,我把它从裤袋里取出来,放到脑袋下当枕头,闭上眼睛,我睡着了。一只虫子咬我的眼皮,我伸手赶走了它,却看到我独自一人躺在地上,天光大亮,她不见了,我脑袋下面的书也没有了。

我站了起来……

很多年以前,我在一个清晨的自然光下,瘦得像一根竹子,却站得像一座灯塔,从我鼻子里呼出的气息充满了青草上的潮湿,我的眼神里荡起了露珠向上滚动的节奏,我的脚下似乎踩着可以飞起来的白云——那会儿我有了一个想法:很多年以后,当我经历过更多的生活,我会回忆起一些人在一张地图上的位置变化,怎么在地图上标出我的位置,将不会是一个难题。

最后一个客人

曾 园

曾　园　曾任《南都周刊》《新周刊》主笔。在《花城》等刊物发表过小说。出版过专栏集《词的冒险》。现居广州。

一

午饭后,我在大岩石的后面"口占"了几句诗。回到办公室我拿出笔记本,用钢笔仔细写了下来。诗好不好并不重要,必须引起注意的是我的手写体。其次,是它的个人化、它多余的墨迹。在古老的中国,这是个专有名词,"捵卷"。据说那些面色如玉的书生在洋洋洒洒的书写中绝对不会在试卷中落下额外的一滴墨:

大海的蓝舌头舔去了我的沙子
我的立锥之地
然而,波塞冬在他的办公室里
是否也感到了回旋在"死亡之家"中的冷风?

这四句诗,我认为体现出了这两年来我对鲁伊博士的轻蔑。这种轻蔑与我近来屡屡发现的巧合是相关的。

如果不是我这个曾经精彩的"死亡之家"商业项目破产,如果不是我的时间多到用不完,我不会这么敏感,我不会注意什么科学家鲁伊的什么言论。当然,决定性的因素是,他发明了永生技术，发明了驻颜技术，等于是宣告我的"死亡之家"存在的合理性荡然无存了。

然后，我发现自己与他的一连串相关性。

最开始，鲁伊是在中国完成了克隆技术，我也是一个中国人。其次，《纽约时报》首先报道了我的"死亡之家"，以及随后的重量级哲学家参与的讨论。而他，发明永生技术之后故意在《纽约时报》中预告了我的"死亡之家"的"破产"。还有，鲁伊有个提供巨额资金支持的老婆，和我的姨妈叫一个名字：薇拉。

看到网上他那些洋洋得意的"言论"，我的心情被浓郁的愁闷所裹挟，就像这窗外标准的明信片风格的加勒比海滨风景一样。特别是今天，我预感到自己无法面对那被染得过浓的天空和海水，就像印刷质量最次的明信片，还被压在半厘米厚的玻璃板下一样。

这时，我惊奇地发现窗前有一辆浅灰色喷气保时捷正在降落，耀武扬威地，弄得我的那些可爱的细沙四处飞舞。我已经预见到，我可能会用官司烦死他。他难道不知道，现在世界上最无聊的人是谁吗？是我，一个充满创意、精力过剩的男人，年纪刚过44。除了等待45岁的生日，我还能做的事就是找一个人来一起打发时间。

"王先生,有新的顾客!"秘书米兰达在对讲机中兴奋地低呼。

"米兰达,我不知道你是怎么想到的。你在环球旅行回来后思维奔放多了。"

"为什么不能是个顾客呢?"米兰达执著地说。

"有可能!"我决定终止讨论,因为下车的是个女人。

多年前鲁伊发明的那些化妆品已经让所有的女人都不再衰老(我的规定是不准用,恐怕那些工作人员用了我也不知道),但是我从她那含义丰富的笑容上看出这是个上了年纪的女人,长得很是漂亮。不过,也许过不了几年,那些到处可以买到的女机器人也会这样笑。谁知道呢,最不相信科学的我在吃了科学的大亏之后,变成了最相信科学的人。假如明天我打开《纽约时报》,上面说鲁伊已经在开发一种新技术,能够让男人每天交配后感觉不累,我也会信的。剩下的,我猜,唯一能让他折腾的技术就是让人永远不会遗忘了。到那时,鲁伊还能干什么呢?他这个自大狂,能够容忍打开一张报纸,头版看不到自己的那张傻乎乎的天才面孔吗?

但天才给世界带来了什么呢?VR性爱、永远活着……

每个人都傻乐着。天才如果让人更傻，我觉得天才的定义需要修改。因为人类似乎不太容易在快乐中思考。

在我的诗里，海神波塞冬暗示着鲁伊。他当然无所不能，让我没有了立锥之地。但是，他也只能用舌头舔沙子……

二

去见"顾客"的路我很久没有走了。似乎恰好是鲁伊发明出不死技术的那段时间，是的，从那时开始，就没有人来"死亡之家"了，而我也不再迎接顾客。

走廊、拐弯（以及在拐弯处因景色的旖旎而放慢的脚步）加电梯，足够回顾"死亡之家"的历程了。2070年，我在我这栋偏僻的别墅里，向全世界隆重推出了这项服务。当然，究竟是否隆重，隆重到了何种程度，我说了不算，以电视观众与报纸读者的观感为准。

我可以说的是，服务水平世界一流（有专业标准可以衡量）。光宗教学者就有五个，其他方面的专家可想而知。医学专家控制住危重病情的发作（也有几例奇迹般康复出院的例子，说不定其中有几例之前是误诊。当然，我毫不客气地将这几个病例都当作我院的奇迹），病人神采奕奕地与我在落地窗前聊天，看自己在大屏幕上留存下的图像：和护士打网球的视频，在游泳池里劈波斩浪的视频……一流的剪辑，长达24小时，可以代替一个人继续活在这个世界上。

也许，这个漂亮的女顾客会问我建立这个"死亡之家"的"初衷"。

年轻的时候，不知道为什么，我身边总是有一个或两个抑郁症患者。他们很正常，或者很不正常，但总会有一两个与人打交道很困难，不久他们中有人会自杀（通常是跳楼）。为了避开他们的幽灵我关掉了公司来到遥远的加勒比。

夜里，我躺在这远离中国的床上，用一个晚上的时间去细细寻找我的过错。某个抑郁症朋友死了，我究竟有没有过错？有，还是没有？我对这些人只有一个疑问：你到底吃了药没有？因为有的时候，我真的觉得他们没有病痛，却故意要让我不痛快。

记得有一年春节我在孟买的旅店里醒来，街道横陈在我的眼前，汉字招牌吸引我去辨认斑驳的笔画。一个英语单词从记忆中的电影里刺入：guilty（有罪）。

是的，我判自己有罪——当然没有任何证据。我和那些人争执过，推搡过，但是，他们应该吃药吧……好吧，我有罪……我赎罪的方式就是建立了这样的一个"死亡之家"。这样说可不可以？是否得体？带点轻微的狂是不是更好点？

女人很美，在我的大厅靠窗边的沙发上坐着，细长柔软的手指在玻璃茶几上旋转她的钱包，或者是钥匙包……

尽管我这里设施一流，配备了五名宗教学者（医生护士厨师按摩师不在话下），但我力图不在我的办公室里和客人谈我的构想。在海滨与冬青林之间有一条"思想家小道"（我命名的），我愿意和客人在那里谈谈各自的世界观，当然，一定要开诚布公。

"首先，你在简朴的雕花铁门上看到的名字是 Institute of Preparation for the Hereafter，来世预备学院，这无非是不想刺激陌生的客人。这是一种不得已的妥协。进了大门，你就会知道，我们所有的人都直接把这里叫成'死亡之家'。"

"我知道。"名叫薇拉的客人盯着树杈间一张大得惊人的闪亮蛛网说道。

"我的思路来自两个作家，一个是波兰作家维托尔德·贡布罗维奇。他在1958年的日记里写道：为什么我们的垂死挣扎是如此孤单，如此原始？为什么你们没有能力让死亡变得文明点儿？"

她不说话。我喜欢过的几个女人似乎都擅长沉默。

"这段我能背下来：临终的痛苦一直在我们中间肆虐，如同在创世之初一样野蛮，这该是件多么令人恐惧的事。千百年来，无人对此做过什么，无人触动过这野蛮的禁区！我们研制电报，我们用电热毯，可是我们死得野蛮。有时，医生畏畏缩缩地用加大的吗啡剂量悄悄减轻痛苦，这种遮遮掩掩的处置方式较之死亡的极大普遍性，显得过于渺小。我建立'死亡之家'，在那里每个人都有权运用轻松死亡的现代手段。在那里可以死得体面，而不是跳到火车下去被压死，或者在门把手上吊死。在那里一个疲惫不堪、彻底衰败、走到生命尽头的人，可以投到专家友好的怀抱，以便确保他能得到不受折磨和羞辱的死亡。"

"我读过他的书。"

我于是强调，"他最有力的论断我认为是这样一句话：只要是死还是别人的事，你们就会以愚蠢的轻率态度对待死亡。十一年前当我读到这里我觉得我有责任来做这件事。我从一首诗得到启发，我要建一所来世预备学院。真正的。并非是殡仪馆所属的商业链条中的一环。《哈姆雷特》在这里上演过三十五场。"

"我看过相关报道，所以我才来。"

"对不起，'我才来'是什么意思？"

她眨巴着漂亮的眼睛，疑惑地望着我。

对话变得有点纠缠，我不想记录下来。尤其是，在我和如此美丽的女人之间的真实情况，不是什么纠缠的东西，而是那种气氛。气氛非常好。

但是，我慢慢发现，眼前这个女人就是鲁伊的太太薇拉……在试探性的询问之后，确认了。

我这里还有什么好刺探的？世界上最无用的精致的死亡技术？来讥讽？还需要讥讽我吗？

我干脆谈谈我的收获吧！"实话说吧，尽管我这个想法很好，在商业上也很成功。曾经的顾客没有不满意的——不是开玩笑，每天的视频记录都可以在亲属授权的情况下观看。"

"我能看吗？"

当我和她在逻各斯控制室（就是中央控制室，为了增加思想含量而取了这个名字，当然现在已经没有意义了）看那些广告片的时候，我发现自己仍然很激动。这个女人，再一次燃起了我对优质事物的爱恋。

请问,世界上还有什么比"死亡之家"更优质的产品吗?

"能不能这样说,因为我们这里,这个世界变得更优质了?"我说。

"当然!因为你的'来世预备学院',这个世界没有了痛苦的终点……人的一生都是舒适的鲜花与靠垫。"她圆睁着眼睛说。

"呃……广告词上可以补上这一句。当然,也不用补了。你丈夫的换头术已经摧毁了一切……这个世界已经没有了终点。任何终点都没有了。"

屏幕上米兰达出现,提示我晚饭的时间到了。

"我想,成为你们的顾客。"薇拉说。

"今天应该是西班牙海鲜炒饭,"我转过头问薇拉,"为什么?"

"我得了癌症,在脑子里,我不想换……"

三

她执意不肯加入晚宴。

我和米兰达一起吃饭,此外,还有一个护工与三个客人,另外两个植物人不能到场。是的,想不到这项伟大的事业走到了今天这个地步。

人数不是最让我烦恼的问题。心情有一点点不那么舒畅,是从早上开始的。

上午,我的手靠近米兰达的裙边,她手里的盘子摔到了地上。我不知道两者之间有无联系。这个季节的海水,浓得既不愿碎成泡沫,也不肯与雨水调配成浅灰色。在大落地窗隔成的客厅里,中午是最暗的。

口音中带有澳门风味的葡萄牙人,用大拇指和食指按了按胡须,向我和米兰达,以及烹饪机器人表示感谢。这里是他在全世界待过的最好的地方,无论是景色还是美食。据他鉴定,除此之外,还有距离我们这里三十公里的"特别区"的日本料理。

"你信不信米兰达也是机器人?一种新型的、能够迷惑人的机器人。"我问葡萄牙人。

"不信。"

"为什么?"我期待他说出惹恼米兰达的话。

"刚刚你没来的时候,她说你的坏话。"

"哦？"

"上午你试图了解她裙子的料子……机器人会说这话吗？"

所有的人哈哈大笑起来。

我慢慢抬起头，米兰达长睫毛低垂。

这个世界究竟发生什么了？

"真的感谢你王先生。其实我不愿意离开这里，回去后我难道还去上班吗？"昨天终止合同的葡萄牙人端着咖啡说。明天他将离开这里去做那个换头手术。

等着他的某个冰箱里，冰冻的大脑来自某国博学的政治犯，这正是让他跃跃欲试的地方。

落地窗外，乌云密谋着十点钟的暴雨。

四

我端着水果盘去找她。她蜷缩在沙发里看书，手指从书页间让我开心地转移到水果，犹疑了半秒钟，这半秒钟不太像选择水果品种，而像是长长的手指在指点、评价我这里的一切。

长话短说，鲁伊强迫她接受换头手术，她逃出来了。

她想在我这里死去。

但如此仓促，这个"来世预备学院"完备的流程还有什么意义？

她小口小口咀嚼着，我沉默。

"能为你做什么呢？呃……我说的是现在。"

"能去'特别区'看看吗？"

如果心意已决，签了合同，提供相应服务没有问题，大不了召回那些科学家和医生。

这个岛上，除了我这个快死了的"死亡之家"，还有的就是社会水平（科技、伦理、法律）停留在2017年的"特别区"。在全球海岛经济陷入停滞之后，这个海岛决定铤而走险，提供远远落后于时代的"特色"服务。

说起来，这个岛上的两个区之间，意识形态有诸多不同。大家比拼的是谁存活得更久，想不到最后的胜利者会是"特别区"。

保守到最后也成了景色。在那里，在有孟买风味的街道旁的旅店里，我和米兰达在草席上迎来了好多汗水涔涔的清晨，昂贵的、专门为一个岛生产的黑白电视机，无声地播放着闪动的功夫片。为之配音的是,石板路上扫帚的挥动,与偷走了我们时间的运河。

我不太会开车,十分钟的车程,开了很久。在装潢考究的车里,话题想变得不幼稚都不可能。

"你读过《哈利·波特》吗?"我说。

"看过。"

"既然是'看过',那应该是电影了。邓布利多有段话,电影里是没有的:魔法石其实并不是多么美妙的东西。有了它,不论你想拥有多少财富、获得多长寿命,都可以如愿以偿。这两样东西是人类最想要的——问题是,人类偏偏就喜欢选择对他们最没有好处的东西。"

"深刻啊,不是一般的深刻啊。"她说。

我了解了一下她裙子的面料,她缓慢而坚定地推开我的手。

车窗外夜色浓重,谜一般的龙卷风在远处倒吸海水。

"特别区"红火之后控制得很严,我们那边的"顾客"想过来散心都要我带来才行。原先,各国显贵乐于谈论"死亡之家"以显得开明,后来也愿意来这边购买奢侈的服务。然后,他们爱上了"特别区"。

谁不知道他们过来的目的无非是对外面的机器人妓女警惕够了,你去偷欢,他们偷你的 DNA 与潜意识。

到这里可以完全放松。都是真人,丑一点根本无所谓。真,才真正值钱。在"特别区",这里的女人有汗水和气味。窗外,裸露的水沟里还有蚊子。

小雨。"街上的泥水和垃圾怎么样?没见过吧?"我指点着说。

薇拉笑了。

我们在大排档里坐下,打磨筷子。年迈的老板将两碗面端上桌,先到的是东方的葱的气息,既生硬又柔软。她扎起长发,扭一扭脖子,掰动手腕,夸张地宣布进入战斗模式,吸溜着金黄色的面条。这一套表明她过好了这一生,在各处都享受到了最纯粹的日落与美食。

汤碗见底,那张生无可恋的冰山脸,立即变得红扑扑的。

我们走进中国茶馆,要来茶具,支走茶艺师,我从怀中捧出一个小盒子,打开后滚出一颗黑色的球。

"呀!这是什么?鸦片!"她叫了起来。

"你当然不知道。这叫'龙珠',来自中国云南的茶叶球,已经存放有一百年了。"

这种茶质量其实并不稳定,我有十多颗,有一次贵客来,泡开后却平平无奇,我只好打翻茶杯换茶加以掩饰。

这次还好,开水注入后,猛烈的香气就在我和她之间的小空间里爆炸了。

"这种一百年前的叶子为什么有花香啊!"她叫起来,外国人毕竟是外国人,即使是她。只要是人,都会在我的茶汤面前显露出自己的人性。

几杯之后,一股气一定在她的后背缓缓上升,直冲到头顶。我让她体会口腔中的香气如何穿透鼻腔,柔软但强劲地释放开来。

"我的头发里似乎有一朵云在浮动,不舒服。"她埋怨道。

"其实还是很舒服的,对不对?"

"四肢很舒服……嗯!你在茶里下了药。"她含混地说。

下药……这种说法也不是没有道理……

"你不喝了吧?剩下的都让给我好不好?"她说。

"我喝够了。等会我们去看黑白电视机。"

街上挤满了人,看上去东倒西歪,其实真正懂得特别区乐趣的人能有几个?无非是屈指可数的那几个权贵,多数人可能是跟着他们来的,甚至有人来,是为了指望在雅加达街邂逅他们吧。谈恋爱就是不歇气地说傻话，这些人为了说出傻话来，一定是喝了不少酒。在这个傻乎乎的世界里，要用昂贵的酒来浇灌，才能挤出几句貌似没有心机的傻话，还有可能是假的。

旅店里的电视机屏幕调不出武打片，全是雪花。

我们在蒲团上坐下，我看着电视机说："想起来了，这是一部老战争电影，名为《黑白军混战》。整部电影的情节就是无数雪花一样的白色斑点和由它们反衬出来的黑色斑点在屏幕上闪烁，这种闪烁被导演解释为激烈的拼杀。影片的结尾，屏幕上只留下一片漆黑，这表明白军最终被消灭了。"

她瞪着我看了很久以防自己上当。

五

人工强光刺瞎了我的双眼。

修习瑜伽后，很多年我都没有在晚上醒来了，回头看见电视机的微弱闪动。困难地将自己定位到暗淡的加勒比的孟买街，定位到自己的44岁。旁边是睡眼惺忪的薇拉，她用手挡住光线，眼角有了皱纹。

街头亮如白昼。

"王先生，请配合检查！"没有情绪的喇叭耐心劝告我不要对抗法律。警察已站满了楼下空地，便装的鲁伊也手持喇叭。

"你带走鲁伊什么东西啦？"我笑着对薇拉说。

薇拉不理我，将我从窗口拉开。

"王先生，你的营业执照已经被吊销了。你的经营行为已经暂停。注意：经营行为已经暂停……"鲁伊对着不在窗口的我喊道，口气模仿执法人员特有的淡漠的严厉。

薇拉大声说："结束了，都结束了！"

"没有啊，没有啊！"鲁伊嚷道，"为什么不活下去？"

"我……换个大脑？"清冷的夜里，薇拉的大笑声也不显得突兀与不自然。

"王先生！薇拉有什么三长两短你要负责，你要负责……"鲁伊又对不在场的我絮叨。我很尴尬，我现在如果出现在窗口，感觉是被他叫出来的。

"王先生！你带第三者进'特别区'已经违规,请配合！"警察觉得此次执法不能演变成夫妻吵嘴，于是开始为这个海风拂面的夜晚增添更多的行政色彩。

停顿之后，鲁伊又想到了讥讽我的新办法："王先生！你何苦要阻拦科技与人类的进步？你那些宗教加哲学被二除的言论，已经够了！已完成了历史使命，陪伴人类走过了蒙昧时代，现在科学……薇拉！薇拉！你为什么不想要一个更年轻的自己？我为你挑选的大脑是 UCLA 的文艺复兴博士，方向是贝里尼家族。她没有问题，非常健康，答辩成绩是 A，意外坠落……百分百不是抑郁，你知不知道有多少人在抢这个名额？"

"好啦！"薇拉的嗓子提高音量后有点像学生，在夜里传得很远。"你那些器官换来换去的技术，有什么意思？现在……换大脑，你这不是要人吗？"

"王！你看看这是谁！你自己看看！"鲁伊说完，接着是警车的门打开又关上的声音。

我走到窗前，米兰达站在楼下。

"王先生，是我！"米兰达挥手，我还从来没有从这个陌生的角度看过她。

"是你吗？"

"是我！"

其他人正好趁这个时机缓和一下激动的情绪。棚户区那边飘来若有若无的烧木柴的香气。

薇拉说:"我知道她在鲁伊那里做过手术,所以才避开'死亡之家',没想到她把鲁伊带到这里来了。"

"王先生,你劝劝她……你看看我,我不是挺好的?"米兰达的声音没变,声音中的那种善意没变。她的这次"旅行"、她的衣料、她消失不见了的忧郁以及多出来的兴奋,这一刻都变得合情合理了。

"本来想跟你多呆几天,多说一些话。"薇拉对我说,强光罩满了全身的线条。染上岛上商业味道热情待客作风的海风殷勤拉扯她的衣料,向我展现她的身材,丰满,完美。

于是,我们全都看到她跃出窗外。众人的惊呼中,米兰达的声音里那一丝陌生的味道荡漾开来,让这一刻出现了不太得体的兴奋。

泛 舟

赵 松

赵　松　作家、文学和艺术评论家。已出版《空隙》《抚顺故事集》《积木书》《最好的旅行》《被夺走了时间的蚂蚁》《隐》《伊春》《灵魂应是可以随时飞起的鸟》等小说与评论随笔集。

寿

动荡的淇水，在艳阳下涨满着。几天前，混暗的水流刚漫过模糊的堤岸，连续数日的暴雨就忽然停住了。大风仍旧在持续，把天吹得碧青如洗，看不到一丝的云。上午，船升起帆，解开缆绳，乘风向北疾驰。明晚前可抵达淇口，那是淇水被黄河洪流吸纳之处。

不远处的野地里，几匹矮小的黑色公马静立在齐腿深的草丛中，浑身闪着湿漉漉的光泽，它们对面还有两匹白的公马，都低垂着头。在正午的阳光下，白旄下的旗帜在风里发出猎猎响声。船帆都鼓满了，桅杆缓慢晃动，发出低沉的吱呀声。午后，船夫们唱过献鱼歌，把一大铜盆炖鲫鱼送进了主舱，献给了我。接过我的随从递过去的赏钱，他们就很开心地出去了，坐在外面的甲板上，拿着刀子割猪腿肉吃，举着牛皮的酒囊痛饮。过了不久，他们又唱了起来。风大，声音易散，他们就放开嗓子大声唱。后来，岸上远远的就有人应和了，两边的歌声此起彼落的，但也只能听清船夫们唱的：

应和而歌，就能同醉，这是兄弟，何必见过？生不同地，死后相聚……

鲫鱼是在靠近卫国西北的那段淇水里打到的。那里两岸多是高峻山岭，河水澄净，鲫鱼肉质极是鲜美。我感谢他们的诚意，他们又唱歌赞美我仁德。那些随从面无表情，像在看一群没心没肺只知贪吃聒噪的乌鸦，看到河湾岸上出现结满果实的桃林也要唱歌：摇晃啊，熟透了，到了采摘的时候，该冲咱们挥手才对啊。他们大笑。后来，两个年轻船夫戴上鸟首面具，赤膊跳起了祭河神舞，他们的动作异常缓慢，结束时，两个人相对跪下，默默对视良久，彼此相拥，然后又分开，同时伸出右手，把大拇指摁在对方的胸口，过了一会儿，再向后仰过身去，直到后脑勺贴在甲板上。这时，歌声又骤然嘹亮，但也有些苍凉，惊飞了隐藏在树林里的鸟雀，它们纷纷鸣叫着，射入碧空，转眼又急落如雨，掠过荡动的河面，消失在不远处的杨树林里。很多肥大的杨树叶子被风吹得翻卷过来，泛出缓慢波动的银白。

那只锈迹斑斑的大提梁铜壶，在老舵手身旁黝黑发光。壶的下身隆起处，饰有两只凤鸟，一大一小，彼此面对着飞舞成在最完美瞬间忽然收拢身体的姿态，线条简约的鸟身上雕刻着云朵与波浪，眼部、爪根和尾部都镶有铜钉，而平滑的壶盖上靠近右侧边缘还有只小野鸭做装饰，它昂着头，仿佛正浮游在平静的水岸边，在竹林的暗影里。而此刻，放眼望去，两岸都是沼泽地，在烈日下闪耀着淡紫墨绿土黄交错的光泽，散发着浓郁的泥土混杂着腐烂植物的气息。过了好半天，沼泽地的边缘才开始出现大片的黑松林。船夫们忽然惊叫起来，指着不远处，那里有只刚成年的老虎，正拖了只山羊，往松林中去。看不到羊头。老虎咬着羊脖子，看情形羊脊骨都已被咬断了。老虎似乎也并不急切，只是慢慢拖动羊的不时抽搐的身体，而两条有些僵硬的羊后腿，还时不时突然蹬几下地面。

"明天过了淇门，"老舵手自语，"入了黄河，都得打起精神，才稳得住这船呢。"此时的船上，已没有了此前的热闹，而是在某个瞬间就忽然归于难得的宁静之中。只有船舱的那些紧闭的小格窗在大风里不时颤动着发出低响，左右各敞开了两扇，而舱门两边的都关得紧紧的。随从们都在舱外，我看不到他们的具体位置，没人说话，好像生怕不小心发出点声音来，会打破这宁静，影响到我休息，之前我确实跟他们说了,我要休息一下。他们中有一半是太子的人,是我要求他们跟着的,但并不知道我为什么要这样做。后来,我猜他们似乎又会觉得这种宁静有些莫名的怪异,甚至希望那些船夫再唱点什么,可那些大大咧咧的汉子们好像都忽然凝固在了各自的位置上,没有了表情,也没有了声音,有时似乎连呼吸都没有了。

朔

自缢的女人不得葬于公室墓地。据说夷姜的尸身沐浴后,被穿上了六层华服,还包裹了厚厚的素净的麻织物,这才装入了那套厚重的梓木棺椁,还镶有刻于香樟木块上的凤鸟图,又覆以冰块,然后才星夜送往夷地。那天晚上,宫外聚集了很多人,后来他们就在那里哭号。他们备了好多鲜花和香料,可运送棺椁的车队早已远去。宣公派人让他们散去,却遭到了拒绝。有谣言说,是我母亲宣姜设计逼死了夷姜夫人,于是他们就高声咒骂她,说她是齐国派来祸害卫国的灾星。后来,很多卫兵们赶来了,试图驱逐这些人。混乱中,场面失去了控制,武器挥舞,人们用石头木棒反抗,还有人抢夺武器，甚至有人还要袭击我的车子。结果几个为首的当场被斩杀，一些人被剁了脚，一些人被砍断了手臂，还有些人被长戈开膛破肚，他们张着嘴巴坐在地上，看着流出的肠子。人们终于四散而去，留下血肉狼藉的空场。卫兵们继续搜寻着，又陆续抓捕了一些躲在附近巷子里的人。后来赶来大批的仆役，拖走了尸体，用一桶桶的清水反复冲刷青石地面。

我们坐着，在祖庙大殿的黑暗里。我跟我哥公子寿坐在左公子两边，在大殿的右侧，而右公子与太子急子，则坐在了我们对面。我还在之前的血腥场面造成的震惊里没有回过神来，也不知道接下来还会发生什么。幸好母亲当时不在现场，否则的话真不知道那些暴民看到她之后会干出什么事来。他们显然还不知道出了什么事呢。夷姜夫人的死，让他们心情沉痛。他们看到我的时候，眼神跟表情都有些古怪。我有些神情恍惚地低下了头。我不知道他们为什么要叫我来这里。很长一段时间里，他们都是一语不发。幸好，天黑了。他们的样子都隐入了黑暗里，不用再担心他们的眼神了。后来，右公子问左公子，还记不记得，那年暮春，我们云集迎接齐国使臣送宣姜来卫国，临出发前，我们曾烧龟甲卜过一卦,得"未济之剥",卦辞里说:没志向的人,带着丰厚的酒食,多次到神前祈愿,结果反获大祸。三只狐狸号哭在荒野,为孤独而伤悲,身在野外却无处可去,最后死在山洞里。但我们又用蓍草占卜,结果却是吉的。左公子点了点头,"现在看来,我们都解错了。"

公子寿好像感觉到我有些坐不住了,就探了一下头,朝我这边看了看。我看不到他的表情,只能看到一团暗淡的影子在那里晃了晃。这时,有人从外面悄然闪身进来,是宣公派来传旨的内侍,他的身后有四个随从手执松明走进来列在两侧,跳动的火光照亮了我们。那人请太子急子接旨,说是传宣公口谕,命太子明日出使齐国,然后就把象征君命的白旄与国书都交给了急子。行过大礼,接过东西后,急子起身回到了之前的座位上,重新坐了下来。内侍带着那几簇光亮走了,这里又恢复了黑暗。右公子与左公子沉默了片刻,他们认为,按礼,太子应居家守丧的,不宜出使。然而说的同时,他们其实也清楚,这又是不可能的。他们太了解主公了。"或者,"右公子说道,"我护送太子去齐国。"急子摇了摇头,"我毕竟不是生在无父之国。"这时候,有人把两侧的牛油灯燃亮了起来。左公子沉默着,手里握着那个小巧的兽头形饰物，拇指反复磨着它的额头，似乎被那里的光泽与润滑迷住了。左公子抬起眼皮，在他看我之前我就已经闭上了眼睛，做出已经睡着了的样子，身体还微微有些摇晃。左公子又转过头来，跟我哥公子寿对视了一眼。"太子去吧，"左公子说，"主公既已这样安排，我们做臣子的，还能说什么呢？唯有希望太子一路多保重。"太子起身施礼。右公子与左公子皆伏地还礼。这时候，我哥寿子站起身来，什么都没说就走了。他好像感觉到了点什么。

寿

这世上的怪异事，我已听得太多了。我十七岁了，可我宁愿自己是个聋子。夷姜夫人自缢那天下午，我去了祖庙。消息是早上传出来的，都城里的人都知道了。车子经过母亲宣姜的寝宫时，里面传出悠扬婉转的齐国乐声，有随从说，这是宣姜夫人在观赏那些齐国女子于庭中歌舞。我坐在车子里，听着马蹄声在石头路面回响，觉得那歌声好像一直跟在后面，在不远处飘着：

鸡已鸣叫了啊，晨光已盈满。

不是鸡鸣啊，是青蝇的声音。

东方明亮了啊，人们都在忙碌。

不是东方明亮，那是明月发光。

虫子嗡嗡飞着，我宁愿跟你同梦。

聚会要散了，大家会讨厌我们吧？

我六岁那年，父亲把我跟弟弟阿朔交给了左公子。他教我们学经、习剑，还有围猎。要学会射杀猎物，把最大的猎物剥皮开膛，把内脏分给农人们，再把上好的骨肉和皮子献给父亲。但左公子自己却说，这些其实都不重要。什么重要呢，是师傅教不了你们的。他跟右公子，早年跟我父亲曾是至交，如今却只不过是普通的君臣而已。我问为什么，他说当年主公还是公子晋呢。问到当年父亲那几个兄弟互相残杀的事，他也只是说，他们小的时候，也很要好过。左公子常带我们去右公子府上，在那里能见到太子急子，我们的异母兄长。人们说太子极像夷姜夫人。转眼十年了，他已年过三十，但那样子好像就没变过。我们兄弟都不像父亲。我呢，连母亲都不像，弟弟阿朔则与她神似。每次我对镜看自己的脸，都会想到她的话：相貌平淡，形同路人。她在我身上不但看不出半点父亲宣公的影子，也找不到她的特征。而在急子脸上，她却总能看到夷姜夫人的神态。

夷姜是卫国最美的女人。她平日里深居简出，但每逢她乘车出行，都城里的百姓都会簇拥在道旁，为她载歌载舞，如逢节日。即便是被先君的儿子纳为夫人，也从来不会有人忍心讥讽她。母亲宣姜却说，既然这样，他们怎么不给她建个庙呢？在她看来，只有易被情欲驱使且不计后果的卫国人，才会喜欢夷姜这种女人。以夷姜的出身，怎能跟她相提并论？她是齐襄公的亲妹妹，到卫国，已是屈尊了。我从没见过传说中的那位舅父。据说当年在齐国，他是唯一能让性情刚烈的宣姜听话的。我曾看到过舅父派使臣私交给母亲的一支信简，是装在用麻布反复包裹的竹筒里的，但上面只有四个字：从而安之。

传闻

卫庄公死后，公子完继位为恒公。不久，恒公被异母弟弟公子州吁所杀。而在老臣石碏策划下，州吁又被陈恒公诱杀。随后，从邢国迎回了公子晋，是为宣公。他立夷姜为夫人，立急子为太子。当时卫国大雨半月，黄河倒灌淇水，洪水冲溃堤岸，淹没田地无数。水退去之后，某日凌晨又有殒石坠落于卫都郊野，三个月都没下雨。

据说当时夷姜夫人曾劝宣公，应祭祀天地神明与列祖列宗。宣公没同意，却说，"难道我要把你献祭么？卫国人把那么多的歌献给了你，我让你去死，他们会诅咒我的。"还有种说法，有一天，夷姜夫人梦到自己变成一条蛇，风干在宣公寝宫的大梁上。于是她就对宣公说，"我快要死了。"他听罢沉默片刻说，"若真如此，那我们就尽兴吧。"

据说，宣公把宣姜纳为己有后，过了月余，有天晚上，夷姜曾去见过宣公。那也是他们最后一次见面，因为之后夷姜就托病不见人了，宣公派人去探视过几次，却没有再召见她。当时宣公正在宫里独自饮酒，见她来，就让她陪他喝酒。两个人都不言语，只是喝酒。后来，宣公问她，"其实，宣姜就像当年的你。"她却问宣公，"主公准备把太子怎么办？"宣公出神地看着她说，"他还可以等，当然，我知道他已做好准备了。"后来，她又问，"主公希望我死么？"宣公答道，"我希望你活着。我们要在乎这些么，母亲？"

寿

祖庙里，那一簇簇的火光像蝴蝶似的浮现时，我眼前一阵模糊。我听到自己的耳朵里开始嗡嗡鸣响，渐渐地，那些响声越来越大了，像有两口铜钟在耳洞深处重重地撞击着，让我有种就要耳聋的感觉，甚至我的整个身体都在被这越来越强的响声所胀满，以至于我觉得整个身体都在不由自主地摇晃，就像身处疾行在风波中的船上。我起身离开了祖庙，没跟左公子和右公子施礼告辞。

平日里，我喜欢跟那些贩马养鹤之徒为伍。这些人不时游走四方，见多识广，会讲很多奇闻怪事。但让母亲最为不满的，是我亲近太子急子。我很早就发现，她对急子有种莫名的抵触情绪。当年她被父亲娶了之后，等再见到急子时，却发现他依旧恭敬平和，就好像什么都没发生过，一切本该如此。每次骂我，她总会说，你们卫国人，不是疯了，就是呆子。疯了的当然是指我父亲，呆么，我不知说的是急子还是我，也可能我们两个都是。她尤其不能容忍的，是我平时喜欢效仿太子的穿着打扮，以及言谈举止。为了这个，她不知道多少次对我痛加斥责，怒不可遏。

深夜里，我恭立在母亲的寝宫外，我们之间隔了道半掩的门。仰观天象，斗转星移，夏天就要过去了。我不由得打了个寒战。就这样，不知道过了多久。我这么晚来见母亲，其实目的只有一个，想验证我的那种不祥的感觉，父亲这个时候突然派太子出使齐国，是不是别有目的？而母亲的反应则是出乎意料的镇定，她只是提醒我，你父亲决定的事，没人能阻止。太子是储君，但也是儿子。可我不相信这是不能改变的，看在夷姜夫人的面上，也不该派太子在这个时候出使。

"等了这么多年，"母亲平静地说道，"她才想明白，自己该吊死，我恭喜她。"

可在我看来，夷姜夫人，也只是做了自己早就想做的事。

"是不是我也像她那样，"她反问道，"你跟太子就安心了？"

我们好像在比谁更淡定。我说人各有命，母亲担心的事，是不会发生的。

"哦，"她停顿了一下，"这才刚刚开始呢……"

我点了点头，是，没人能知道结果。

她从门内走了出来，"你以为，你能做什么？"

我拱了拱手说,"我也只是尽力而为。"

她走到我的面前,用右手食指戳了戳我的心口,过了一会儿,才低沉地说道:"我真恨不得在你这里戳出个洞来。"

几只鹤的影子从空中飞过。我觉得我完全是下意识地追随着它们的,最后几乎就是朝宫外奔去的。它们展开翅膀,缓慢地舞动,像在为我指引方向。月光洁白,照亮了它们的羽翼。它们在空中不断划出奇异的弧形。养鹤人的笛声在远处响起。我还听到她在我身后尖声叫喊。次日清晨,我才知道,我走后,母亲让人处死了没来得及跟我出来的两个贴身随从。

朔

那天黄昏,我跟母亲进宫途中,都没说话。即使看到很多人聚集在宫门外,我们也没言语。所有事情同时发生了。我不知道,这一切对于我,对于我跟母亲,意味着什么。我跟母亲其实平时也很少聊什么。她常会悄悄观察我的言行,但很少会指出什么。人们所谓的她对我的极为宠爱,都是想象的。她希望什么?她觉得他们,夷姜夫人,还有我父亲,都不正常。她曾说过,在她也变得不正常之前,要把我培养成卫国为数不多的正常之人。其实,我并不知道她为什么会这么想。

那些内侍紧张地伫立在寝宫门外,都不敢进去禀报。后来倒是父亲踱步到门口时看到了我们。他面无表情地坐回到被帷幔遮住了大半的那张宽榻上。他有种让我有些意外的平静。我以为他会大发脾气的。他看了看我们,示意我们坐下。他说他刚才在想很久以前的事,那年冬天,庄公,也就是他的父亲,我的祖父,把他派到了邢国,作为人质。当时夷姜已经怀了急子。快到邢国边境时,他发现路边有几具残缺不全的尸体,还有几条即将冻僵的野狗。当时他忽然想到了夷姜,竟一时恍惚得想不起她的样子。她是个预感很准的人。她预见到了他会在什么时候回到卫国,然后会成为什么样的人,也预见到了自己的死。她甚至说,宣姜将来还会做回她的儿媳。想到这些,有时候他甚至是有些怕她的。现在,她死了。他看了看我母亲宣姜,"将来,我死后,允许你改嫁。不管怎样,卫国,都会在你手里的,这也符合你兄长襄公的想法。"

母亲的反应,近乎冷漠。她说在我们齐国,可没有这种乱法，至于我呢，有过一次，也已经够了。父亲听罢，诡异地笑了笑，没做声，只是站起身，慢慢走到了门口。他对一个内侍低语了几句，那人转身就走了。过了一会儿，他又吩咐另一个内侍，执白旄旗帜去找太子，让太子明天即刻启程，出使齐国。随后，我听见他自语道，"我会让你安心的，放心吧。这样安排才能完美，同时又能让我们都回到那个让人惊叹的循环里，我们可是早就看明白了的，让他上升，我们一起下降。他那么聪明，应该知道，我才是这个世界上最能理解他的人。我也真是用心良苦。这可不是那些为你哭号的人能懂的。"

我和母亲准备离开了，他看都不看我们一眼。我们走到门口，他才叫住了我，冷冷地说道："公子朔，我忘了，你今年几岁了？"十六岁了，父亲，我答道。他迟疑了一下，"哦"了一声，说他记错了。然后平静地嘱咐我，"你呢，回去以后，要好好睡觉。"说实话，我根本不知道他想说什么，但我还是有些不由自主地紧张了起来。往外走的时候，我感觉他的眼睛一直在盯着我的后背呢。过会儿出了宫，我还得去祖庙。我和母亲出来之前，左公子刚好派人来通知我的。他们会在那里等我。除了这个，什么都是不确定的。

寿

父亲的寝宫外，月光照如白昼。那些鹤还在空中飞舞，不时短促尖锐地鸣叫。卫士告知我，公已安寝，请公子回吧。我没理会，就直接跪坐在门外台阶下，等到天亮，再向父亲请命，替太子出使齐国。后来，隐约地，我听到有女人的歌声从里面传出：

淇水荡漾啊，有鱼有网。

绿竹掩映啊，有鸟鸣唱。

月明中天啊，白鹤翱翔。

长夜将尽啊，虫振草莽。

一夕一别啊，且歌如常。

一日一思啊，莫诉衷肠。

回首顾盼啊，淇水悠长。

父亲在饮酒。歌者是我母亲从齐国带来的那个能歌善舞的女子，平时喜欢穿长袖白裳裙，自称这辈子只为宣公歌舞而生，将来要为宣公陪葬。不知道是不是母亲让她这么说的。但父亲喜欢这种说法,就把她收为了姜室。平时她少言寡语,几乎不与人交往。之前,据说夷姜夫人初次看她歌舞时,还赐了她一面夷地先人所造的小铜镜,说是随身带可辟邪。那是父亲娶宣姜不久之后的事。

后来,我睡着了。等我醒来时,天已蒙蒙亮。父亲站在了我的面前。他注视着我,像很久没见到过似的。当年父亲将我们兄弟交给左公子之后,过了段时日,曾问过左公子,对我有什么样的评价。左公子只回了三个字:如其兄。据说当时父亲多少有那么一点不悦,但也没多说什么。我刚想开口说话,父亲示意我先不要讲。他命人驾车,载我们出宫。宫门外的空场上,那些仆役们还在做最后的清理,用清水反复冲洗着青石地面。在清晨的平淡光线里,这个空场看上去比平时干净了许多,散发着清新的气息。还有几队卫兵满脸倦容地巡视着周边区域。

空寂的街道上,随着天色蒙蒙亮起,公鸡们正跟那些母鸡在四处闲逛。在摇晃的车子里,父亲闭目养神,虽已沐浴过,但还是能闻到他身上那股浓郁的酒味儿。有些役人在打扫街道。我一点儿困倦的意思都没有了,甚至有种整个脑袋都透明了的感觉。到了城门那里,我们登上了城楼。城外的原野，还隐约在雾气里，但已能模糊看到远处低矮树林的轮廓。站在身材高大的父亲身旁，我越发显得瘦弱单薄了。很长时间，我们都没说话，只是望着远处。后来，城门开了。那些贩牛马的，从雾里缓慢走出来，手里摇着铜铃铛，牛走在前面，不时哞哞低叫，那些马走在后面，摇着尾巴。

"你怕死么？"父亲随口问道。

我想了想，"怕。"

"那，你觉得我呢？"

"父亲是无忧无虑的。"

"是说我昏庸么？"

"您已忘怀生死了。"

"这是左公子教你的吧？"

"我想替太子出使齐国。"

"可你还不是太子呢，急什么呢？"

"我们都是您的儿子。"

"将来，"宣公指远处，"这卫国，是你的。"

"应是太子的。"

"等你坐到我的位置上，才可以这样说。"

"儿子没有过妄念。"

"就算你去了,又能如何?"

"不管怎样,我都会接受。"

"为什么不能耐心点呢?你有多了解太子?我知道你们向来很好,你以他为榜样。我让他出使,是为了成全他。这可不是你现在能懂的。"

"父亲,儿子要告辞了。"

"你跟太子,总希望什么都是确定的,可这怎么可能呢?什么都是不能确定的。你不能只学他的样子,你还得学着懂他的心思。可你毕竟还是个孩子,这个要求对于你来说,早了点。"

"昨天,太子为我诵了《诗》里的几句,嘱咐我转呈父亲。"

"其实,你可以准备为他饯行的。在城外,那个树林边,摆上丰盛的酒席,这样他会高兴的。不要念什么诗了,你们应该知道,我向来没这个兴趣的。好吧,既然你这么坚持,那就念好了。"

于是住下,于是留下,
于是失了我们的马。
到哪里去寻找它?

到那树林里，到那树下。

我十岁那年的夏天里，急子带我去淇水之上泛舟。除了指点两岸风物景象，他还告诉我卫地的很多风俗习惯，比如每年五月十五，月圆之夜，会在淇水边修筑临时的祭台，以少男少女为河神的祭品。同时都城里的人们不分贵族还是百姓，都会纷纷赤裸身体奔到乡野间，戴着妖魔鬼怪的面具，在树林里、湖边彻夜饮酒歌舞狂欢。

他还跟我说起跟父亲的一次对话。那时他只有十五岁，他希望父亲不要再参与五月十五的活动。父亲明显有些不悦，就问他，"不参与这样的活动，如何治理卫国呢？"他就引用了鲁国名臣臧僖伯劝鲁隐公的话给父亲听，大意是，为君者关注的是如何把百姓引入正轨，让人与物当其位，至于其他琐事，都不应在意的。当时他还想跟父亲说说，自己近来学观天象、研习《易》的事，结果父亲说累了，以后再说吧。但过了片刻，转念又问他，你能用《易》占卜未来么？他回禀道，右公子是能的。父亲笑道，他也只是有时候能而已，倒是你母亲，她是能的，但不是用《易》。

传闻

宫里很多人都说过,宣公无论在跟夷姜还是宣姜共寝时,都会发出野兽般的低吼。平时宣公喜食生鱼、生肉,有人就说,他前世定是头巨熊,不然的话怎么会有如此能量?他睡着的时候,总是仰面朝天的姿势,打起鼾来也是响声震人。还有他平时走路的样子,也是跟熊非常近似的。有次冬狩,宣公射落了一只从树林深处窜入空中的野雉,当侍卫把那只羽毛华美的大鸟呈上时,宣公拔出那枝箭,顺手把大鸟的胸膛撕扯开,掏出了那颗滚烫的心脏,用匕首割断血管,吃了。那只大鸟的尸体坠地时,就连周围那些凶狠的猎犬都没敢上前。直到宣公纵马前冲后,它们才蜂拥而上,把大鸟撕成了碎片,到处都是零散破碎带血的羽毛。当时公子寿问弟弟公子朔,"你不怕么?"当时这个还只有十二岁的男孩若无其事地答道,"你是说,熊吃了鸟心么?"

寿

都城外十里,急子的仪仗远远出现时,我已备好了丰盛的酒宴。那些闻讯赶来的能歌善舞的男男女女，等急子下了车，就都围拢了过来，放歌欢舞。他们都穿着鲜亮的衣裳，像在盛大的节日里。那些歌多数都是赞美夷姜的。很多歌舞的男女，甚至都笑着流出了眼泪，不时过来敬太子酒，边痛饮着，边即兴歌颂太子的贤德。

急子很快就醉了。后来，他一直紧紧拉着我的手，跟那些人边干杯边说，这是我的好兄弟，要记住了，公子寿。人们答应着，纷纷来敬我酒，但都被我轻轻推开了。他们也不在意，继续饮酒歌舞。急子开始有些摇晃了，对那些人大声说，他这就要走了。大家都醉了，他们的喧闹声淹没了他的声音。他搂着我的肩，在我耳边一字一顿地说，"好兄弟，我得走了。"我说好。我把他扶上了我的车子，让他躺下。然后让我的一半随从留下守护。我上了他的车，举起白旄，命令他的一半随从跟我走。他们当然会有些迟疑，但我的坚定神情让他们不得不从命。

黄河的动荡，让我觉得天地都在摇晃不已。一轮明月已经升起来了，只是还没升到天穹顶，闪亮的光华不断铺洒在浪涛翻滚的水面上，就像有无数银亮的羽毛在水波上动荡漂浮，似乎每个浪头都能吞没几片光羽，随即又被更多新生的光羽所俘获，如此反复不已，吞吐不已。有些时候，我甚至会觉得这些浪涛乃至整条大河都是那轮月亮吐出的，而这条汹涌澎湃的河又极力地摆脱那巨大月亮的魔力，径直奔向另一个世界，越来越低沉地，向下坠落而去。

"父亲娶了宣姜后，"急子曾对我说过，"过了半年多，我在宫里遇到了宣姜。我向她施礼。她说自齐国来时，给我带了个礼物，但已被虫蛀坏了。为此她又找了个礼物，作为补偿。是个金丝鸟笼。连同提笼的侍女也送给了我。她说那个女孩跟她从小玩到大，通鸟语。后来我把那个女孩送回了齐国。那鸟笼还在，怎么看都是个奇怪的东西。我到现在也没明白她的心思。"

我跟他提起都城里有传言说，夷姜夫人其实并没有死，而宣公也知道她没有死，默许她离开卫国，回到了生养她的夷国。急子没有回应这个问题，而是讲起了另一件事。有一天深夜，宣公召急子进宫，到了才知道，只是让急子陪他喝酒。那时离夷姜夫人自缢还有一个多月。急子就坐后，发现父亲此时已有些醉意了。宣公示意内侍们退下，只留那个年老的聋哑侍女服侍。她十几岁就服侍宣公了。宣公平时很少会找急子聊什么。父子默默对饮。不知过了多久，宣公抬起头来，注视着寝宫门那里。

"你想过我死么？"宣公问道。急子起身后退两步，拜伏在地。

"这是我十四岁那年冬天，我父亲问我的。"宣公等那个老侍女给他斟满了酒，端起来深饮一口，示意急子坐回去。"我当时跟你一样，很害怕，不知发生了什么。父亲说，这有什么可怕的呢？我总有死的一天。人人都可以这么想想，你也不例外。或许你不会想，可你的兄长们会想的。我不会怪罪他们。他们都大了，什么都想要，得不到就会怨恨。等我死后，他们就会互相残杀。想想这个，你不怕么？我说我什么都不想要。他说，你身边的这些侍女，都是我为你挑选的，喜欢么？我说她们都对我很好。她们在我五六岁时就服侍我了。他说你最喜欢哪几个呢？我不知道他是什么意思，只好随手指了几个。他打量了一下她们，命侍卫把她们带出去，在后花园里活埋了，还让人在那里种了棵桃树，说是要让我记住。那棵桃树，现在已长得很大了，每年春天都会开很多花。就是那年,夷姜进宫做了父亲最小的侍妾。没多久，他就病了。有一天，他召我进宫，指了指在旁边服侍的夷姜，说她很好吧？我拜伏在地，不敢看他。他看着帷帐顶部的那个神鸟图案，像是自言自语，你也可以再等等。然后，他就派我到邢地做了人质。又过了半年多，父亲咽下了最后一口气。在我入质邢国前，夷姜已怀了你。宣姜恨你，说你盼望我早点儿死。我跟她说，我倒是担心夷姜会死。她跟夷姜不一样，她是封闭的，尽管她从不拒绝我。当年太子兄继位时，就连消息都是邢国人告诉我的。

没人惦记，其实挺好。后来，州吁纠集了很多人，右公子说要发生大事了。我什么都没说。这跟我有什么关系呢？我被迎接回卫国的时候，其实是穿着丧服的。右公子和左公子在国境迎候我。远远看着他们，夷姜当时告诉我，她觉得将来这两位公子恐怕也是不能善终的。好了，其实，今天召你来，其实是想告诉你，你，也可以等。"

船快要靠岸了。上了岸也就到了莘地。风还很大，我伫立在船头，不时看那在风里飘扬的白旄与银白的旗帜，它是牛尾制成的，被漂成纯白色，下面激烈抖动的旗子是滚了银丝边的。随着太阳西斜，碧蓝的天空更显宁静。下面的大地，似乎也是倾斜的，它们在最远处交汇，构成了一个颤动的夹角。很多水鸟在纷纷飞起，不远处的树林里还不时有乌鸦起落。我坐上车子，吩咐随从们，赶到前面的树林里休息。

在车子的摇晃中,我又想起昨晚的梦境,在梦里,我始终在追赶急子,终于在最后时刻跳上了他的船,埋伏在船上的那些黑衣人不知该如何下手,就默默地下了水,变成了黑色鱼群,围绕着船身,一点点地咬着船体。而我跟急子,则躺在船头,听着波浪声,仰望着夜空深处那些摇荡的星辰,感觉整个幽暗的天穹都在向下降落。就在船体马上就要碎裂的时候,我终于醒了。

前方的林子里,不知什么时候闪出了一队黑衣人马,横在了那里。我挥了挥手,车队就停了下来。随从们都不声不响地亮出了武器,来到我的前面,摆出了最简单的鱼形阵势。我命他们退后,放下武器。他们一时没能明白我是什么意思,虽然按我的吩咐退到了后面,但仍旧做好了随时行动的准备。我举起了白旄旗帜,让它展开在风里,那些银丝穗子不时掠过我的额头。就像看到了指令一样,那队黑色的人马开始移动起来,然后逐渐加速,朝这边奔来。他们背后的树林里,好像所有乌鸦都忽然飞了起来,从远处看着倒真像是从他们的身体里变幻出的无数黑色的碎片。

传闻

据说那天晚上，那些随从们在河边燃起了篝火，借着火光，把太子急子和公子寿的遗体包裹好，放在了同一辆车子里。大约两个时辰之前，那队黑衣人把公子寿的遗体交还给他们的时候，太子的小船也到了。太子赶过来，跪在地上，低头看着公子寿的遗容。然后他起身来到那队黑衣人面前，告诉他们，"我是太子，你们杀的，是我弟弟。"那些人看了看随从们的表情，就知此人说的是实话。有人就说，"他已经替你死了。"太子就告诉他们，他赶了这么远的路，来到这里，就是为了让他们完成使命的，最后他几乎是一字一顿地说道："没人能代替我去死。"

那些黑衣人互相看了看，然后向太子施礼。为首的那人，下了马，慢慢地走到太子面前，再次拱手，摘下了自己面上的黑巾。他向太子报了名号。太子也只是点了点头。又停顿了片刻，他转到太子的身后，一手以黑巾捂住了太子的脸，一手握着那把青铜匕首，横在了太子的脖子上。他低声说，太子，得罪了。随后太子就无声无息地倒在了他的怀里。他抱着太子，慢慢地放下，让这具已没有了生命的躯体平躺在地上。终于结束了。那队黑衣人牵着马,慢慢走远了。

这对兄弟的遗体被抬上了小船,覆以素缟,还有很多从田野里采集的艾蒿与野花。他们在黄河上逆行了数日,艰难地进入淇水。此时淇水的水势已消退了很多,原本模糊的堤岸又清晰地浮现了。风也小了。烈日在天空上发出耀眼的强光,船上的人要是想眺望远处,只能把手搭在眉骨上。水面上也反射着让人目眩的光。有渔人在河上捕鱼,有农人在田野里忙碌,不时直起身来张望着什么。还有很多牛羊,散落在深深的草丛里,安静地晒着太阳。到处都有野花怒放,其中有些已被晒得枯萎了,还有很多鸟雀不时飞起。离都城还有段距离的时候,船上有人开始低声唱着,后来又高声唱,就这样,时高时低反复交替着唱下去。岸上的人们听到了这歌声,好像就知道了发生了什么事,偶尔有人会大声询问他们,可是没人会回应。于是人们就也随着他们的歌声不断传唱起来,还有人在岸上奔跑着,大声叫喊着什么。

他们甚至会忘了划船,忘了这船最终是要靠岸的。就让它停在那里,在河的中央。过了不知多久,他们才又回过神来,重新划动船桨。这歌声传播得比行船要迅速得多,离靠岸还有一个多时辰,就已传到了都城里。到达时,他们精疲力尽，不再有人能发出任何声音了。倒是岸上的歌声，还在此起彼落地回荡着：

> 两个孩子泛舟，飘飘然地远行了。
> 想我思念你们，心里漾漾不已。
> 两个孩子泛舟，飘飘然地过去了。
> 想我思念你们，该不会遇祸害？

朔

这些年，很漫长。我的两位兄长死后，我师傅左公子就告诉我，他和右公子不会支持我继位的，尽管我已是太子。我没生气。其实我知道，他们已做好准备，将来把公子黔牟扶上位，因为他是夷姜的小儿子，太子的亲弟弟。我能说什么呢？总得有个次要的人来为之前的一切负责的。有人说，我这个太子，就像老树上的果子，要么自己掉下来，要么等树倒后落地。大家都在等着。

母亲也被父亲冷落了。她不在乎，卫国人就没几个是正常的。一年后，父亲去世了。临终时，他身边没有任何人。

我继了位。我清楚,人们还在等着。不管我做什么。有些老臣,会用怜悯的眼神看我。我受着。我在卫国没有朋友。平时我能去的地方,也就是齐国使臣的馆驿。这也会招来非议,说我终归是齐国人,对卫国是没感情的。我不想解释。我的开始,就是结束。

差不多有两年多,我除了跟鲁、宋、蔡、曹等国联合攻打过郑国之外,几乎没做什么。随后,左公子跟右公子就宣布,当年两位兄长之死是我的责任。他们带领士兵包围了宫室。于是我就带着家人,跟着齐国使臣逃去了齐国。卫国人皆大欢喜,太子和公子寿的冤情终于昭雪,而我则是罪有应得。我的舅父齐襄公要为我复国。我说不必了,我宁愿在齐国终老。实际上,他也并不是真的在意我是什么态度。

没过多久,襄公就率领几国联军攻入了卫国。左公子和右公子率兵在都城外做最后的抵抗,结果都战死了。襄公还派人把他们的脑袋送到了我面前,我看都没看,就让手下去找到他们的尸身,然后厚葬了。进入都城后,联军抓捕了很多余党,襄公问我如何处置,我说放了吧,跟他们没什么关系。但襄公认为这种说法很幼稚,就下令把那些人都杀了,有些人还被灭了族。这时候,卫君黔牟已逃到了周惠王那里。

我复位后，重组了军队，稳定了朝政。我知道卫国人怎么看我。他们写了很多歌谣讽刺我，有很多还被周王手下负责搜集民歌的官员收入了《诗》里。关于我跟母亲宣姜害死了太子和公子寿的故事，被传遍了各国。我的两位兄长拥有了近乎神圣的名声，而我们母子则是阴险卑鄙的象征。其实我很难过。当然没有人会信我难过。即使我在祖庙重新举行了两位兄长的安葬仪式，人们也还是认为这是我心虚的表现。史官只会记下一两句，可人们会传出一万句，继续歌颂死去的那对好兄弟。没人相信那天父亲召我们进宫之前，他就已经决定让太子出使齐国了。当时我听到他下达了旨意，可我能说什么呢？难道跟父亲说，不该让太子出使齐国？人们只会相信，要是没有我们，他们就不会死。

还有很多人认为，我跟父亲宣公，是一类人。对此我也没什么可说的。太子和公子寿死后，那些天里我足不出户，只睡我的觉。我让贴身侍从驾着我的车马，在都城里四处游荡。没人知道，我是在不断地睡着，醒来，又睡着。我经常在醒来时觉得，自己仿佛是躺在微风里，整个身体一点重量都没有，而我什么都没有想，就算明天醒来之后，我成了太子，那又怎么样？就算随后父亲就故去了，而我立即继承了君位，那又能代表什么呢？这个卫国，既不是他的，也不是我的，谁的都不是。它不过是个巨大的容器，把我们暂时装在里面而已。

传闻

有人说，太子后来酒醒后，之所以能那么快地赶到那里，是因为公子朔早已派人在淇水边预备了条快船，上面配有最好的船夫。而当天晚上，有人看到公子朔坐着自己的车子，在都城里四处游荡，最后还跑到左公子的府上，哭号了很久。左公子原本是不想理他的，但见他哭得确实是伤心欲绝的样子，不免还是动了恻隐之心，毕竟他也是看着公子朔长大的。劝慰了好半天，最后还安排人把他送回府里。

公子朔被立为太子后不久，就出使了齐国。他当然是去拜见他的舅父齐襄公的，襄公还把一位公族里的漂亮姑娘许配给了他。就这样，卫国又多了一位齐国来的夫人。回来途中，他还特地在太子和公子寿遇难的地方举行了祭奠仪式。在焚烧祭品的过程中，公子朔再一次嚎啕大哭，其情之深切，引得那些随从们也不禁跟着落泪不已。这时候，忽然从附近的树林里飞出无数的乌鸦,像巨大的黑云似的低低地盘旋在他们的头上,发出的叫声之恐怖把拉车的马都惊了,它们不顾一切地拉着空车子四处狂奔。直到大家把车马都找回来了,那些乌鸦才忽然地散掉了。

朔

我儿子,公子赤,跟我兄长公子寿当年一样,整天喜欢跟那些养鹤人混在一起。在他的世界里,似乎没什么比鹤更重要的。说实话,我不知道,这种爱好算是天真,还是愚蠢。有一天我问他,"要是你的鹤都死了,你怎么办呢?"他想都没想就说,"那我也会为它们而死啊。"我说要是那时你都做了卫国之君呢?他说那也是一样的。我不免有些黯然。以至于我忽然觉得,正如人们传言的,他确实像我哥哥公子寿的再世。尽管觉得不祥,但我还是让人在都城外的湖边,为他建造了很大的鹤苑,任由他蓄养那些养鹤的人,陪着他,在那里放养了数不清的白鹤。我的想法其实很简单,就让他活得尽兴好了。

我小的时候,经常跟公子寿去找那些养鹤的人玩。其实我对那些鹤并无多少兴趣，它们那么大，嘴又那么尖利，甚至让我不免有些害怕，但我有时候很好奇哥哥对鹤的迷恋。母亲当时总是斥责他，这样下去是会玩物丧志的。他却回答，有急子哥哥做太子，我当然可以随意地玩了。母亲本来就不喜欢他亲近太子的，这样想来，倒不如让他去跟鹤玩在一起了。只是母亲没有想到，随着年龄的增长，他跟太子的关系，简直是以命相交了。有时候，公子赤养的那些鹤，会飞到我的寝宫上空，它们飞翔的姿态确实是很美的，只是它们的叫声听起来还是那么的奇怪，会让我想起哥哥模仿鹤鸣的声音。

后来，我舅舅齐襄公要求我跟燕国联手进攻周王，因为他收留了公子黔牟。我照做了。周惠王逃了，公子黔牟不知去向。舅父就让我们推举王子颓为周王。这笔账，人们仍会算在我的头上。在他们看来，我是谋逆成性的，以前是逆兄，现在是逆天了。那时候，我舅父齐襄公终于称霸了。后来我身体每况愈下，舅父派使臣来看望我。我以为，他是要我重新考虑太子的人选。这一次，我又猜错了。舅父认为，宣姜不应寡居，她虽然四十岁了，但还很年轻呢，为什么不改嫁？这话当然是乱讲的，母亲这些年明显衰老了很多，再也不是当年的那个美丽的宣姜夫人了。好吧,那人选呢?使臣说,就是那个昭伯了。急子的亲弟弟。理由是明显的,当年宣姜本来就是要嫁给急子的,只是被我父亲宣公坏了好事,那么现在,让她嫁给昭伯,也算是补偿了。好吧,母亲会同意么?使臣很淡定地告诉我,主公说了,宣姜当然会同意。那昭伯呢?他几乎不可能同意的。使臣说,他必须同意。

我还能说什么呢?就这样,我们母子,跟夷姜夫人,还有太子,终于扯平了。不是么?这是多么复杂而又简单的一种事后圆满。我得感谢舅父,伟大的齐襄公,他成全了这等好事。我闭上眼睛,想想母亲嫁给昭伯之后,再生几个孩子,多少年之后,其中的一位公子再继承大位……我就忍不住笑了起来。使臣表情诧异地看着我。不过,说实话,听着自己的笑声,我自己也觉得是有些奇怪的。够了。

走进有光的所在

韩松落

韩松落 作家。著有《春山夜行》《敦煌,人间四季》《故事是这个世界的解药》《为了报仇看电影》《怒河春醒》等,出版有个人专辑《靠记忆过冬的鸟》。

红鞋

杨小萱家里，有两双鞋是动不得的。

一双是她姥姥留下的绣花鞋，粉红色的底子，绣着精致的花样，藤缠蔓，蔓缠藤，藤蔓之间，隐藏着花与鸟，虽然已经有点变色，拿在手里，还是有种"不可能是真的"的那种艳异。那鞋子据说是她姥姥少女时代亲手做的，一辈子也只穿过一次，在出嫁那天。杨小萱的妈妈唯一的偶像，就是会做绣花鞋的姥姥，她当年如何美貌，如何以小家碧玉的身份和闭门苦练出的女红成为东城壕第一美女，是杨小萱妈妈捏着绣花鞋时永恒的话题："我，不及她的一百分之一，你，不及你姥姥一万分之一。"杨小萱很不耐烦："一双绣花鞋。"她妈妈说："你说什么？"杨小萱的幽默感没人能够理会。

另一双是她哥哥留下的。杨小萱原来是有哥哥的，1978年，她爸爸妈妈带着三岁的哥哥从他们工作的贵州三线工厂返回西安，哥哥在火车站走丢，到现在也下落不明。她妈妈每每提起小哥哥，就陷入半昏迷状态，捏着小鞋子喃喃地说着："我要是当时不拿那个搪瓷缸子去接开水……"突然又睁开眼睛，目光炯炯地盯着杨小萱："怎么丢的不是你！"家里遇到搬家及墙缝漏水，她妈妈绝对少不了要说几句"要是你哥哥在就好了"。杨小萱也不恼："妈妈，那时候如果已经有我，丢掉也好，不过，女孩子不太容易丢掉"，"要是我哥哥在，全球气候肯定不会变暖"。她妈妈又说："你说什么？"杨小萱的幽默感从来没人能够理会。

不能跟姥姥比，更不可能跟哥哥比，这个家里两种性别的神，都遥不可及，杨小萱觉得自己不男不女，十分苦恼。她小时候渴望的是一双红鞋，红色的回力鞋，红色的凉鞋，班级里家境好点的女同学就穿着这样的鞋，但她脚上却始终拖着一双不十分合脚的、性别十分模糊的胶鞋，红鞋子的事，提都不敢提。

她是家里的隐形人，约等于空气。有一次和爸妈吵了嘴（印象中非常稀有的几次之一），她也向电视剧主人公学习夺门而出，出门的时候，还赌着点气，怕爸妈会找到自己，于是动了点小心思，没有跑下楼去，而是向上跑，一直跑到楼顶天台去，却到底也没有人来找她，她的一点心思全白费。

报考大学，她的目标是离家越远越好、专业越强悍越好，于是成为交通大学道桥专业的学生，大学毕业，顺理成章地进了施工单位，一年有大半年时间，挤在男人堆里，在荒山秃岭施工作业，心情倒非常好。站在戈壁滩上，看着落日渐渐消失，或者站在半空中看着桥梁吊装成功，根本不必特别觉得自己是男是女，确实心花怒放。好日子终于因为妈妈的电话结束，电话那头，妈妈又气急败坏又不耐烦地说："你回来吧！回来吧！"潜台词分明是："回来也没有用，要是你哥哥在就好了。"

她哥哥在也没有用。那一年海南又慢慢热起来，她爸爸当初的战友找上门来，说是三万块就可以在海南买一块地算作入股，由公司建设厂房出租，从此以后年年有分红，十分诱人，他爸爸热心地在厂子里召集入股，居然召集到了十个人，筹到了买十六份地的钱，钱一交出去，三十五年的老战友立刻人间蒸发。她爸爸豪气干云地承诺由他还钱，一分不少，第二天却在浴室摔了一跤，从此半身不遂，躺在床上。

除掉自己家出的那一份钱，欠的钱是四十五万。那一年，一个效益稍好的单位的员工薪水，大约是一千二百块；黄瓜，即便春节也不过两块钱一斤；市中心最好的房子，大约是不到两千块一平米。杨小萱按着计算器，眼前浮现出二十二万五千斤春节的黄瓜，以及将近四百个揣着当月薪水的工人。她丢下计算器，跑出门，和多年前一样，没有跑下楼，而是向上跑,一直跑到楼顶去,星星全都在天空,"哗"一下倾泻开来,和以前任何时候看到的都不一样,格外大,格外亮,也格外奇异,像从前那些古书中的乱世里的异象,河水里游着大鱼,天上坠着斗大的流星,挖土挖出刻着字的宝石,巷道里流传着诡异的童谣,也像一切决定命运的时刻所出现的那些异象,哭不出来,没有恐惧,眼前的一切都格外清晰,表情定格了,声音突然蒙上一层布,甚至连空气里的分子都突突突地迸着金星跳动着。杨小萱坐在水箱边上,被这么多异样的星星激动得头皮发麻。

第二天很快来了,快到不像是隔了十二个小时。她挨个去那些股东家拜访,一家家承诺还钱。众生众相,场面和那些煽情的杂志上写的完全不一样,有人面罩寒霜,有人连哭带骂,有人门都不给开,有人还算和气,甚至捧了茶出来,但话语间分明隔着一层,有人已经不抱任何希望,肯听她讲话也更像是自我安慰,也有人陪着小心,生怕不还他家的钱,或者还得太迟,小心翼翼地一再表示:"利息我们就不要了,利息不要了。"

坐在那里,杨小萱尽力想着工地账目上的那些钱,动不动八百万、五千万、一个亿,她尽力想着那些钱,有那些钱衬着，眼前的这些钱似乎就变少了一点，她说话似乎就有了点底气，但一出门，大太阳亮晃晃地一照，那些钱就连影子都没有了，她自嘲地想，即便不要利息，这个数字也十分庞大，如果靠她的薪水还债，需要四百个月，届时她已经是将近六十岁的老妪，天灾人祸的，只怕债主们没有这个信心。

她去单位请了长假，在街上看了半个月，在街口盘了一间铺子，简单装修一下，一心一意地开始卖鞋子。那条街不算最繁华，好在，过了那条街的另一区是大学区，学生们要买东西，多半在这附近，鞋子卖得还算快。头几个月是赔了一点，杨小萱从没想到，一间巴掌大的店，一个月的电费都要300块，好在她很快缓过神来，三个月后渐渐开始有了收益。

开始一点点地还债。她把债主分了几拨，有了钱，先还给那些家里有病人的、有孩子上学的，宽裕点，再给别的一家家还。债确实是在减少，但似乎还是太慢了，太慢了，二十二万五千斤春节的黄瓜，消失得十分缓慢。杨小萱每次坐在鞋子中间，半夜三更地贴着标签，会突然被这二十二万五千斤黄瓜压得喘不过气来，房租，300块钱电费，教育附加费，污水处理费，和二十二万五千斤黄瓜比起来，简直不算什么。她胸口发闷，要大口大口地呼吸才能缓解一点，手里的活计，却一点也不敢停，回去太晚，没有公交车，可是要打车的。

有一天，妈妈神经兮兮地跑来，抖着声音说，有债主扬言，不快点还钱，要"先奸后杀"，妈妈六神无主地满屋子乱走着，喃喃地道："先奸后杀！先奸后杀！要是儿子在就好了。"杨小萱卖了一天的鞋子，十分疲倦，躺在床上，有气无力地挥挥手："哥哥在，一样先奸后杀！"妈妈疯颠颠地，满地兜着圈子，念叨着"先奸后杀"，杨小萱十分崩溃，有点疑心自从哥哥走丢了，妈妈其实就已经疯掉了。

债主里有一家，有个三十五岁还没结婚的儿子，国字脸，睫毛却特别长，眼睛湿漉漉的，每次见到她上门，都喜滋滋地迎上来，搓着手："先不急着还，先不急着还，先还别人的。"杨小萱从没想到，长睫毛会让男人显得这么龌龊。从前小学中学里，都有那种睫毛黑黑闪闪的男孩子，专注地看着你的时候，睫毛一闪一闪，似乎在人心上一下一下地撩着，十分动人，而眼前的这男人，年轻的时候，是不是也青葱水灵过呢？什么时候变成这个样子的？是不是从前那些撩人的长睫毛的男孩子，最后都变成了一个见到女人就搓着手的猥琐男？真是不敢想。杨小萱每次都逃也似的丢下钱从他家跑出来，也不是要逃他，而是要逃过一些更强大、更可怕的东西。后来她当真不急着还他家的钱了，只是，这么一来，那些由他家匀出来的钱，感觉上更不洁了。

但她渐渐和债主们培养出一种奇异的感情，有时候她上门还钱，赶上他们吃饭，他们也热情地招呼她，她也不客气，偶然也会坐下来吃一点，店里遇到麻烦，也找有门道的债主帮个忙，有时候去还钱，赶上他们心情好，还要推让一阵子，春节还常常把他们约齐了，一起吃个饭。只有一种时候，感觉非常怪异，就是那些人家来了客人，不明就里，还温和地问着"这是谁"的时候，双方顿时停顿了三秒钟，那三秒钟，杨小萱要在很久之后才能适应。

渐渐又染上个奇怪的嗜好，大约是成天惦记着钱，精神一紧张，就要按一按计算器，算一算手里的钱才能安心，于是对计算器上了瘾，见到精致点的计算器就想要买下来，后来甚至是看到文具店，就要进去找计算器，手里慢慢攒下八九十个计算器，金的银的，铜的铁的，做成书本形状的、地球仪形状的、地雷形状的，卡通造型的、电脑造型的，模仿儿童发音的、成人发音的、带音乐的。

如果不是对计算器有了兴趣，杨小萱无论如何都想不到，计算器可以有这么多的样貌，晚间回到家里，坐在床上，同时打开几个计算器，唱的说的，《铃儿响叮当》和《祝你生日快乐》同时响着，场面十分壮观。杨小萱坐在计算器中间，乐不可支，同时又觉得自己心理完全变态，更加乐不可支。

三年、五年、六年，慢慢能雇得起店员，又开始扩张店面，开了分店，二十二万五千斤黄瓜慢慢减少，她甚至买了一辆二手的客货两用车，又匀出钱来交了首付，买了一处新房子，把朝阳的那间给了躺在床上的爸爸和妈妈。妈妈满地兜圈子的时候少了，那句"要是你哥哥在就好了"渐渐不见了。有天，杨小萱听见她跟楼下的人说"还是女儿好"，口气酷似计划生育宣传员，杨小萱丢下计算器，跑出门，和多年来一样，没有跑下楼，而是向上跑，一直跑到楼顶去，楼比以前的高，从通道里探出头的那一刹那，满城都是灯火。

杨小萱记得非常清楚，全部债务还清楚那天，是2005年8月12日。她曾经无数次设想过这一天，设想过她的表现，大哭、大笑、脱掉衣服当街狂奔，全都想过了，但这一天当真来了，她却十分平静，跟店员打了招呼，去最安静的宾馆开了一个房间，关掉手机，一直睡到第三天的早晨。

她在自己的货品里，挑出一双红鞋子，仔细地穿在脚上，钻进她那小小的客货车里，踩下油门，秋天的早晨，太阳湿漉漉的，打在车窗玻璃上，一点儿也不热。

她开着车向西，一直向西，当年她造的桥，应该还在。她要去看那些桥。

蔷薇

苏碧的故事是个老套的故事。她这一类的故事老套到每三天就会在报纸上看到一次，每次看到的时候，苏碧都会恍惚地觉得，那其实是她自己的故事，是记者偷懒，把时间、地点、人物名字换了换，又写出来了。每次看到这一类的故事，苏碧都会有种时间倒转、灵魂出窍的感觉。

不过苏碧却不是个老套的美女，她不像本地的土产美女那样，多半有一张扁平的脸，稍微白一点的皮肤和稍微大一点的眼睛，比一般人美，但是又让人觉得意犹未尽，夸完这样的女人是美女之后，多半都让人有一种给了别人一点恩宠的自得，而且这恩宠给得是信手拈来，不花什么本钱，因此更加让人觉得有白手起家般的快乐。苏碧显然不是这一类的美女，她美得彻底、不容置疑。她有点像1970年代琼瑶电影里的那一类女人，美得杀气腾腾，皮肤是白，但不是人的白，是冰雪的白，眼睛是黑，但是黑得深不见底，像是结了冰的窗户上化了两个洞，后面藏着整个的夜。她总有点像是个黑白电影时代的人，被冰冻着，放了几十年，现在化了冻，活过来了，成了美女在彩色电影和彩色胶卷时代整体退化后的一个幸存者。

对于自己的美，苏碧自己也很知道。但是她又发现，每次在街道上看到漂亮的女人或者好看的男人，身边的爱人反而难看得离谱，苏碧就有些气愤，又怕自己也逃不出这定律去，就下定决心，一定要找个好看的男人，走在街上，让所有的人的眼睛都绿掉。那个时候正在演一个于莉演的电影，叫《爱与恨》，那里面的男主人公叫高玉龙，是个极美的男人，苏碧和同学逃了课，把这电影看了足足五遍，她给自己将来的爱人定下的标准，就是高玉龙的标准。

这样的男人，还真给她遇到了。银行学校毕了业，到银行工作没多久，她就从成千上万到银行来的人里面，把江华挑了出来。开始认识他，是为着他的美，认真交往了一阵子，又发觉这个男人还有个显赫的家庭，苏碧当时就像是听到了号角，身上也像是披挂了盔甲，所有有可能把他们分开的人和事，都成了她的假想敌。

情场，战场，其实也没什么区别，大家不过是在比赛，看谁更不爱对方，或者，更晚爱上对方，爱得少的、晚的那一个，铁定是最后的胜利者。她这样没有了矜持，江华就顿时松了劲，但又时不时把她眷顾一下。他的爱就像是一块红布，在她面前抖一抖就预备收起来，想起来了，再抖一抖，他这样抖抖收收的，说不尽的悠游自在，她却像是斗牛场上的那头牛，终于发了狂。

后面的故事就非常眼熟了，随便翻开一张报纸，到处都是这样的事。头一次，江华只说是跟她借五千块钱，暂时周转一下，一周之后就还她。她拿了自己的钱借给了他，一周之后，倒还真还上了。再下一次，说是借一万块钱，一个月之后，还是还上了。再下一次，他要跟她借三万块钱，她就有点犯难，但是在他面前又是虚荣惯了的，生怕给他小瞧了，就跟爹妈凑了钱给了他，这一回，他就说是亏了本，撺掇着让她从银行挪点钱出来。一次两次的，越挪越多，越是还不上，越是要挪。

所以苏碧倒也感谢那次生病，若不是那次病了，事情败露了，她可能还要挪下去，挪成个死刑也说不定，但她就在那当口病倒了。她经常就想，也许哪里真有一只手，操纵着她演这出戏，要是半道上就把她演死了，那就没得看了，所以那只翻云覆雨的手，就赶紧让她生了病，好让这出戏继续下去。

其实也许是她潜意识里让自己生病的呢？也说不定。那天刚有点想要呕吐的时候，她就隐隐地想：到底是来了。她记得小的时候看电影电视，片子里的女人忽然呕吐起来，而她身边的人还傻傻地问"你是不是不舒服"的时候，她就笑了，心想，这些人真是傻，她怎么也想不到这样的事会轮到她。那现在又是谁在笑她傻呢？

她也没敢给江华讲，自己就去了医院，她其实早就明白这个男人了，就是不敢多想，怕把自己吓住。躺在医院的床上，她想起来小的时候，院子里有棵石榴树，秋天的时候，她爸爸就会把成熟的果子摘下来，用一把锋利的刀切开，分给他们吃，石榴一切开，血红的汁液溅得到处都是，石榴籽也给剖开了，她站在一边看着，心里紧紧的，嘴里也酸酸的，一小半是因为预先想到了石榴的味道，一多半是因为那把锋利的刀，被剖开的果实，血红的汁液。

第二天她给江华打电话，他正和家里人在一起打牌，只"哦"了一声，再也不说话，话筒里尽是叫牌的声音。苏碧的心凉了半截，当天就生起病来，班也不能上。银行那边就找人顶了她理账，没两天，就看出问题来，苏碧的病还没全好，就进了看守所，这一待就是半年，半年后，判决书下来了，苏碧给判了十五年，江华给判了七年。那一天，是1988年7月6号，苏碧还差三个月才满二十岁。

到了石头沟监狱，换了衣服，她看了看周围的人，就打定主意不和这里的人有什么瓜葛。再冷眼旁观一番，却发现这里的女人犯的事全都和男人有点干系。像她这样为了身边的男人贪污挪用的，就不知道有多少，又有给男人骗了，动了刀子的，下了毒药的，泼了硫酸的，又有伙着男人杀人放火的，还有为了跟男人远走高飞，把自己的丈夫孩子全都给害死的。都说女人是祸水，但这么看来，男人怕也好不到哪里去，是人，有了欲望，动了念头，都是祸水。在这么一群女人中间，每听一次她们的事情，就好像自己也经历了一次，要不了多久，苏碧就觉得自己老了二十年。

那监狱里有个绢花工厂，女人们就在那里做工，都是些年轻聪明的女人，又没有别的消遣，就在那里一心一意地做花，所以那里产的花比别处的都结实耐看，卖得格外好。苏碧也在那里粘花瓣，有一天，身边白茫茫的全是白色的百合花，再一天，一片的蓝，全是勿忘我，白里透点淡粉的，那是梅花。苏碧低着头，跟谁也不说话，藏坐在这成片的百合、勿忘我、梅花花瓣后面，像个黑楚楚的鬼。要不了多久，那里的人就都知道三中队有这么一个眼睛灼灼的、魂不守舍的年轻女人。

过了一年，有一天，说是有人来看她，她算一算，不是她爹妈来的日子，也还是去了，她倒没想到来看她的是江华的妈。这个女人头发忽然花白了起来，不过却是文艺小说里，伤了心的女人突如其来的那种花白，也许本来就是花白的，而现在她要人知道她没有心思打理头发罢了。头发虽然白了点，却依然挽着簪子，像卢碧云演的那一类伯母级人物，高贵，凛然。这个伯母开始还高贵端庄地隔着铁栅栏跟她说话，眼睛里满是对拉她儿子下水的狐狸精的悲愤，没说几句话，端庄的伯母就走了样，向苏碧吐唾沫，骂她是婊子，又努力地从铁栅栏的间隙伸过手来，要抓苏碧的脸和头发，胸前的衣服扣子也给挣脱了。

经过这一番折腾，苏碧再不把自己当落难公主、悲情小说女主人公了。这么鄙俗的事情，落难公主哪里遇得到？落难公主挖个野菜也是一出戏，守个寒窑也是传奇，就是有敌人，那也是一整个的乱世和国仇家恨，而她的敌人却是个挣掉了扣子不顾体面的老太太。她的遭遇也就是平凡人的遭遇，处处都是人间烟火气，透着尴尬，难堪。这么一来，她倒像是活过来了，能说能笑，还向舍友这样形容江华的妈，边形容边比划：简直像梅超风一样！舍友们全部都笑了，其实这话也没有多么可笑，但是大家全都笑得前仰后合，眼泪也流出来了。

要不了多久，苏碧又听见说，江华的家里给他办了保外就医，已经出去了，头发还没长多长，就照样是哪里都去，该喝酒就喝酒，该开快车就开快车。苏碧在黑暗中坐了三分钟，心里有了打算，这打算让她彻底活了过来，她就是为这打算，也要好好活着出去。

心定了下来，苏碧忽然就有了生气，她甚至为将来盘算了一番。像她这情形，即便是争取减了刑提前出去，恐怕也是十年以后了，隔着十年时间，又有这么一段非比寻常的经历，从前的那些亲戚朋友，恐怕是再也不能来往了，但活在这世上，又怎么能没点关照？于是苏碧放开眼去，暗暗在周围选了些刑期短一些、文化程度高一点、手上不沾血的女人，一心一意地交起朋友来。没有多久，倒还小有所成，很是交了几个朋友，而这些女人又比平常的女人豪爽义气些，又见过大世面，交往起来倒也畅快。

也不是没有快乐的时候。监狱里的"新苗"演出队，苏碧也报了名。夏天的中午，在小小的剧场排练，练困了，就裹着演出的衣服睡在木地板上，窗子外边尽是白杨树，绿荫沉沉的，把一间屋子映得碧绿透明，耳朵边也尽是风吹树叶子的细碎声音。苏碧不由恍惚起来，觉得这么过下去也没什么不好。

不过，她在那里没待够十五年，他们给她减了三年，十二年零三个月的时候，她就出来了，回到爹妈家里，慢慢地，他们也就习惯了她。但她没想到在里面十二年，外面的变化竟然这样大。她不认得路，不知道现下的女人该穿什么衣服，连别人说的话，也不大听得懂。晚上躺在床上，她开始怕起来，怕到心里冰凉，怕到恨不得自己再犯个什么事，好再回到石头沟去。

更怕的事情还在后头。她找不到事情可以做，好点的地方，看不上她的中专学历，更嫌她的历史不清白，差点的地方，倒也愿意要她，她也断断续续做了些地方，但那些地方，不是工资老拖着，就是男上司总要故意让她晚上加班，或者陪着吃饭。而这城市说大也大，说小也真是小得离奇，到处都有她过去认识的人，都知道她的事，要不了多久，人人都知道了她从哪里来，那些男人更加理直气壮，请她吃饭，也成了看得起她。

苏碧失魂落魄地回了家，恨不得当夜就找家银行抢了，好回到石头沟去。第二天，她忽然想起她们的绢花工厂来，也就有了主意。回了一趟石头沟，那边不但愿意匀些花给她卖，还愿意先拿货再给钱。苏碧借了些钱，看了几处地方，就把摊子在一个商场支起来了。

生意倒也不太差，又是她熟悉的行当，苏碧却还是不敢雇人，大事小事都是自己来，上货也是自己上，拖着纸箱子来来去去的，不出一周，手上就满是毛刺。

做了半年，生意上了道，苏碧就缓过神来了，下了班，也敢四处走一走。有天下午，太阳正好，她从广场经过，却发现那里有许多小孩子由家里人带着，在学走路，苏碧顿时就丢了魂，在那里看孩子走路看到天都黑了，那些大人看见这个眼光似乎贪婪得失常的女人,也不知道是不是人贩子,都有点怕,有些孩子摇摇摆摆地,快要走不下去了,看见苏碧,就努力地走过来,要她抱,却被家里人一把抱走了。苏碧把伸出去的手缩回来,心里发狠地想,自己有了孩子,也要带到这里来学走路。

和她隔着几个柜台,有个岁数相仿的男人,叫孟晖,在那里卖化妆品,说是原来在厂子里上班,后来厂子倒了,地也给卖掉了,他哥哥给他让了两个现成做化妆品的柜台,这就做起来了。那男人硬硬朗朗的,个子也高,头发短短的,看起来倒也英俊清爽,有几次看见苏碧一个人在那里上货,箱子扛不动,只能在地上拖着走,就过来帮忙,一来二去的也就认识了。一个男人卖化妆品,总有不方便的时候,苏碧有时候也过去给帮个腔,在自己脸上连抹带涂地比划一下,生意也就做成了。

渐渐地,孟晖见了她,就总要说错话,手和脚也像是多长出来的,放也不知道往哪里放。看着孟晖认了真,苏碧也就决心把自己的事讲给他听。倒也没选什么特别的时间地点,就是有天中午,看着顾客少了,就过去坐在孟晖那里,一五一十地讲了,孟晖也没打断她,听完了,就说,他其实早就猜出几分来，一个像她这样的女人，长得这么好，又吃苦能干，除非是有不得已的苦衷，又怎么会到这里来卖货，还是一个人，连个搭帮的也没有。说完了又觉得自己该表个态，安慰一下苏碧，又不知道怎么说，就对苏碧说，他以前也偷过东西，厂子快倒的那阵子，他们眼瞅着当官的卖地卖存货，气不过，就连夜偷了些原料出来，倒也卖了些钱，都投在摊子上了。这么一说，又觉得自己有点把自己的事情和苏碧的事情对等着比较的味道，就有点不好意思，整个人窘在那里。苏碧看着这个男人干干净净的一张脸，知道这是个可以和他过一辈子的男人，就笑起来。他也不知道她为什么笑，也只好笑起来。

秋天的时候，他们就准备结婚了，先拿了点钱出来，选了个安静的地方按了一套房子，简单收拾了一下，又趁着有一天下雨，去办了手续，就成了。第二年，她就怀上孩子了，有了身子，整个人立刻胖了一圈不止，表情也有点呆了，她满怀兴趣地看着自己的变化，一点都不惊慌。

所有像她这样的美女，也许都要为这美付出点代价，平白无故得了件东西，从来都不是什么好事，都要在别的地方找回去。她不但付足了代价，现在更把这美交回去了，所以也该过几天安静日子了吧。身边的窗台上有一盆蔷薇，正开着大朵的红花，她顺手掐了一朵，插在耳朵边，这花要是长在公园里的，那是随便掐不得的，是要受罚的，但是现在这花是她种的，她爱掐多少也没人管，她一高兴就又掐了一朵。夏天的午后，白杨树那苦苦的油香从窗户里直灌进来，她躺在摇椅上，被斑斑点点的树影子罩着，闻着这味道，摇摇晃晃的，就觉得有点困，慢慢也就睡着了，恍惚中，她还在想：就这样过下去吧。

淡夏

等了个晴天，夏明就出发了。

夏明最不喜欢阴天，阴天似乎做什么事情都不顺，印象中最深，是爸妈的葬礼，一律在阴天，都是车才走到半山，就要下暴雨的样子，偏又堵了车，人人胸前的白花在风里头簌簌地抖着，司机不住地按喇叭。直到现在，夏明都听不得堵车的时候有人按喇叭。

还是晴天出发的好，刚说是没火车票了，就有人来退票。

也没什么行李，就带几件换洗的衣服，一个帆布包就装下。

火车上的人问了她的目的地,又问她:"一个人,到那边去做什么?"

夏明答:"去看朋友。"

"男朋友女朋友?"

"女朋友。"

那人大约在想,一个女人,坐这么远的车,看的居然是女朋友,恐怕是说谎,就不再问她。

夏明最喜欢的就是别人的这种反应,心想,要看的不但是女朋友,还是三个,时间简直不够用呢。

别过头去看车窗外的风景,玻璃上映着她的脸。

车窗外边一会儿是绿幽幽的树林子,一会儿是麦田,一会儿是黄灿灿的油菜花地。光线暗一点的地方,窗玻璃上她的脸就格外清晰。她还是喜欢亮一些的地方。

十一个小时的火车,下车再找班车,又是四个小时,开始是戈壁滩、草场,渐渐看见绿洲,天边绿茸茸的一条线,走近了,是一个挨着一个的碧绿的农场。

最后下车的地方叫"马莲滩",有个小小的商店,商店旁边停着一辆小小的客货车,何雨樱靠在车身子上等她。夏明最担心她是作流浪的三毛打扮，穿一身工装之类，再扣一个牛仔帽，时刻像要照相的样子，所幸没有，还是穿裙子，颜色非常素淡。一见到夏明，先来揪揪她的头发："怎么剪这么短的头发？时髦还是怎么着？"

何雨樱本来安安分分地在省会城市做规矩人，酒吧在她嘴里都是"那么乱的地方"，一直到三十几岁，在农业频道看到一个介绍西部葡萄园的电视节目，立刻停薪留职，跑到西边去，在那边包下一块地，建了一个葡萄园。待了两年，索性辞了职，一心一意种葡萄，又开了一个鹿场，养着几头鹿。她丈夫王子晓本来在城里开公司，不顺心，也投奔了她去。

两人一路上说着话，既然在西部，到底不能免俗，车上音乐放的是肯尼·罗杰斯，下一首，却是沙娜吞，一点也不搭界。

"你倒也罢了，王子晓在这样的地方怎么待得住？"

"有吃有喝，当然待得住。不过，最近我看他是缓过劲了，像是又动了心思，又想回城里去。"

"那你怎么办？"

"我怎么办？我照旧在这里种葡萄。"

给夏明看了住的地方，过一阵子又来敲门，说是带夏明去捉小公鸡，晚饭炒辣椒。鸡就散养在果园子里，跑野了，十分矫健，看出两人来意不善，迈着小脚跑得飞快，一会儿就跑到园子尽头一片高可及人的茴香地里去，她振臂一呼，地头边上冒出一溜野小子来，黑黑的脸，咧着嘴大笑着。她招呼他们一起捉，自己也一头钻进茴香地里去，只听人欢鸡叫，茴香乱摆乱动好一阵子，突然静下来，远远的那边，有个孩子从茴香丛中露出头来，倒提着一只鸡喊着："捉到了。"

何雨樱提着鸡，一路走一路问："去年我寄给你的茴香收到没有？"

夏明十分难堪："李林平妈妈说那个放到馒头花卷里硌牙，对肠胃不好，一直放着。后来我出来了，也不知道放哪里了，估计是丢了。"

何雨樱："不知道你怎么看上了李林平，这一家人，都像机器人，冷血寡淡，按照一定程序生活，真想把他们的皮肤划开一片，看看下面有没有电线。"

夏明心想，何雨樱没有离开城市前，其实也是一具机器人。

吃饭就在后院子里，木头桌子上，青辣椒炒鸡、蒜拌苜蓿头，非常爽口。吃过饭又端上来葡萄干，晒得不好，皱巴巴非常难看，不像在城里见到的那样碧绿晶莹，拣了一粒塞到嘴里一尝，倒很甘甜。

"一会我带你去洗温泉吧，城里有许多温泉，新疆人都常常开车过来洗的，开车去，半小时就到了。"

夏明微微笑："最近皮肤不好，不敢去。"

"洗温泉对皮肤好。"

夏明还是微微笑："好也不去。"

何雨樱也不十分强求。

吃过饭去散步，从葡萄园一直走出去，一道宽阔的河流在野草地上，几个裸身子的男人在水里，看到她们过来，并不十分遮掩，一起起哄大笑，何雨樱居然十分泼辣，嘴里骂着，弯腰捡起石头就丢过去，那些人躲闪着，又有人不小心跌倒了，河里水花四溅，何雨樱笑到直不起身子。夏明十分诧异。

晚上两个人上了屋顶，一人手里一瓶酒，屋顶上晒的全是草药，并没有药味，只是闻着有点苦香。星星又大又亮，像是就在头顶，两个人坐在边上，荡着腿，一会儿下一口酒，夏明觉得，一生中最悠长的这个假期，真是值得的。

又去看徐鸽子。

坐着长途客车，一路上，一个女孩子一直在训她的弟弟"连中专都考不上"，终于有个中年汉子听不下去，递过去一句话："把个中专是个啥！"用的是当地话吧，夏明还是听懂了。那男人听到一车人哄笑着，颇有赞许的意思，索性半起身子，把一只手搭在座位背上，把头转了一圈，放大声音，对着全车的人说："你们说，把个中专是个啥！是个×！"有个老头子立刻接上来："人的一辈子也就是个×！还不要说是中专了！"夏明实在忍不住笑了。

徐鸽子到车站来接夏明，虽然是在小地方，照样打扮得十分耀眼，长发中分，在耳朵边扎成两条麻花辫子，身上穿的是大花宽摆的裙子，赤着脚，穿的居然是一双草鞋，她抬起脚给夏明看："本地产的，别处没有这么韧的马蔺草。"

以前在省会，和已婚男人纠缠不清，说好了两个人一起离婚，她先离了婚，他却没有，她自嘲："幸亏不是约的一起殉情！否则，就像足了《胭脂扣》，只可惜，我再也不会像那如花，穿上一身黑底红花又过时又瘆人的衣服去找他。要去，也要置办一身新衣服才去！"经过这一波折，心境名声都坏了，索性请求支教，换个地方去生活一段时间。

就这么着,英美文学的硕士,在小县城中学教英文。

照旧口无遮拦:"离婚好!跟李林平离婚更好!"

夏明:"就怕什么事情多做两次,都会上瘾!"

徐鸽子:"只有离婚成瘾,才有机会结婚成瘾,你看我,什么都往好处想,不像你,在奶酪里只看到窟窿!"

晚上,说是有学生家长请吃饭,带了夏明一起去。那男人眉目俊朗,鼻梁挺直,嘴唇薄薄的,竟有几分刚毅的样子,穿的不是什么名牌,好在异常干净,夏明暗暗纳罕,这样的小地方竟然也有这等人才。孩子也在,对徐鸽子十分亲热,嘴里叫着"徐老师",却分明有几分撒娇的意思:"徐老师,你就是不喜欢到我们家来!"

说是他请客,她却像是主人,先给夏明夹菜,后给他夹菜,他也是先给夏明夹菜,然后夹给她。夏明立刻觉得不妥。饭后问她:"这个是你学生家长?"徐鸽子当然听得出来,并不正面回答:"有人说过,女人,上一次在哪里跌倒,下一次还在哪里跌倒。""你又不在这里待一辈子,你走了,他怎么办?那孩子怎么办?""你怎么不问我怎么办?""因为你是坏女人,坏女人内心强大,金刚不坏,吸阳补阴。"

"把我说得像梅超风。"徐鸽子推她一把,十分开心。

吃完饭出来,小城的广场上,有人摆了一套音响,在那里招揽人唱卡拉OK,两块钱一首,夏明笑:"多少年没见过这样的了。"两个人一时兴起,就去点歌唱,《明月千里寄相思》《我有一段情》《梦醒时分》,一路唱下来,夏明说:"都是老歌!"徐鸽子说:"新歌我也会唱的!"就点了一个《Super Star》唱着,还学时髦的舞台动作,指天划地的。

那男人一直拿着徐鸽子的包,耐心地等着,始终微微笑。

看到徐鸽子跌倒得这样痛快,夏明觉得倒也不方便说什么了。

最后一个地方,是她的家乡小城,那些人,走的走,死的死,几乎不剩什么了,只一个同学朱静,在外面念了一圈书,照旧回去,在她们家乡的小城当大夫。

没来接她,估计是忙,夏明就直接找到他们县医院去。这医院,当年实在是来得太多,太熟悉了,夏明有段时间反复做同一个梦,梦里就是那医院的松树柏树,还有那灯光永远不够亮的、曲折回环的走廊,自己在那走廊里,到处找出路,却怎么也找不到,一条走廊走到头,一拐,又是一条走廊，又是一条走廊，然后就醒了。

朱静穿着白大褂，戴着眼镜，手插在白大褂口袋里，在门口等她："真是不要命了，才好一点，跑这么远的路。"

夏明："也休息了好一阵子了，头发长长了才敢出门的。"

朱静的姿态非常像医生，有点美梦成真的得意，却并不张扬。她们少女的时候，就非常羡慕女医生的那种姿态，尤其手闲闲地插在白大褂口袋里的那姿态，背地里都学过，尤其穿一件长一点的衣服的时候，却都学不像。朱静大概就因为这个去念的医学院，女孩子，对将来的规划，也许就是因着这么一点姿态而起的。

一进了办公室，朱静就去把门关上，转过身来，马上要来解她衣服的样子："给我看看。"

夏明微微笑："什么都没有了，看什么？"

朱静听到这话，十分不忍，没有动手："你也知道，很容易复发的。上一次检查是什么时候？"

夏明："半个月要去一次。"

朱静："就为这个离婚？"

夏明："他开初说不在乎，手术做完了，脸色就十分难看。"

朱静："男人！"

又说:"晚上聚了几个同学,到山上去吧。"

一个班,50个同学,18年后,能聚到一起的,不过10个。有人遇上车祸了,有人自杀了。更多的活下来了,活下来的,什么该经历的,都经历过了。见了面,却都无从说起,唱歌,喝酒,又出了城,一直走上山去,月亮始终在头上。

住的是山下的宾馆,说了好久的话,一直到深夜,才分头去睡了,窗户外面,彻夜都是风吹树叶子的声音。

夏明睡在那里,觉得有点凉意,但一会儿,也就觉不出什么了。家乡已经没什么人了,但她知道这世界上,许许多多人,照旧活着,她忽然想起客车上老头子的话:"人的一辈子也就是个×!"不由笑了,在风声里,她渐渐睡着了。

图书在版编目（CIP）数据

世上的光/《小说界》编辑部编.-- 上海:上海文艺出版社,2023
（小说界文库.第二辑）
ISBN 978-7-5321-8542-9

Ⅰ.①世… Ⅱ.①小… Ⅲ.①中篇小说－小说集－中国－当代
②短篇小说－小说集－中国－当代 Ⅳ.①I247.5
中国版本图书馆CIP数据核字(2023)第027409号

发 行 人：毕　胜
责任编辑：乔晓华　徐晓倩　项斯微
封面设计：人马艺术设计·储平
封面摄影：陈惊雷

书　　名：世上的光
编　　者：《小说界》编辑部
出　　版：上海世纪出版集团　上海文艺出版社
地　　址：上海市闵行区号景路159弄A座2楼 201101
发　　行：上海文艺出版社发行中心
　　　　　上海市闵行区号景路159弄A座2楼206室　201101　www.ewen.co
印　　刷：上海盛通时代印刷有限公司
开　　本：1092×787　1/32
印　　张：6.875
插　　页：2
字　　数：109,000
印　　次：2023年3月第1版 2023年3月第1次印刷
Ｉ Ｓ Ｂ Ｎ：978-7-5321-8542-9/I.6732
定　　价：45.00元
告 读 者：如发现本书有质量问题请与印刷厂质量科联系　T：021-37910000